2DB
二次元ドリーム文庫
説 竹内けん
絵 鈴樹ねね
ハーレムトラヴェスティ
Harem Travesty
女装貴族と男装王女

ハーレムシリーズの世界

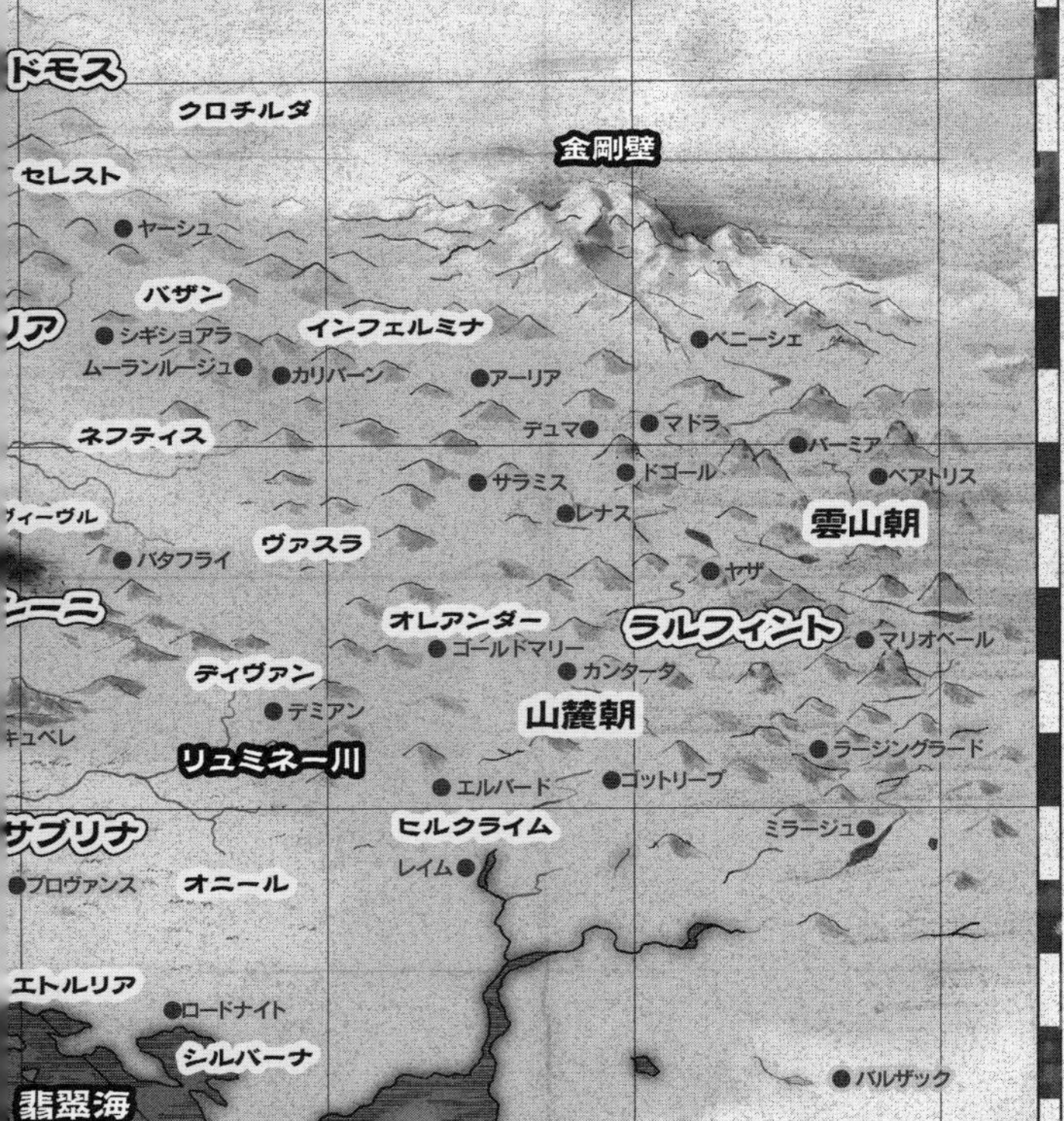

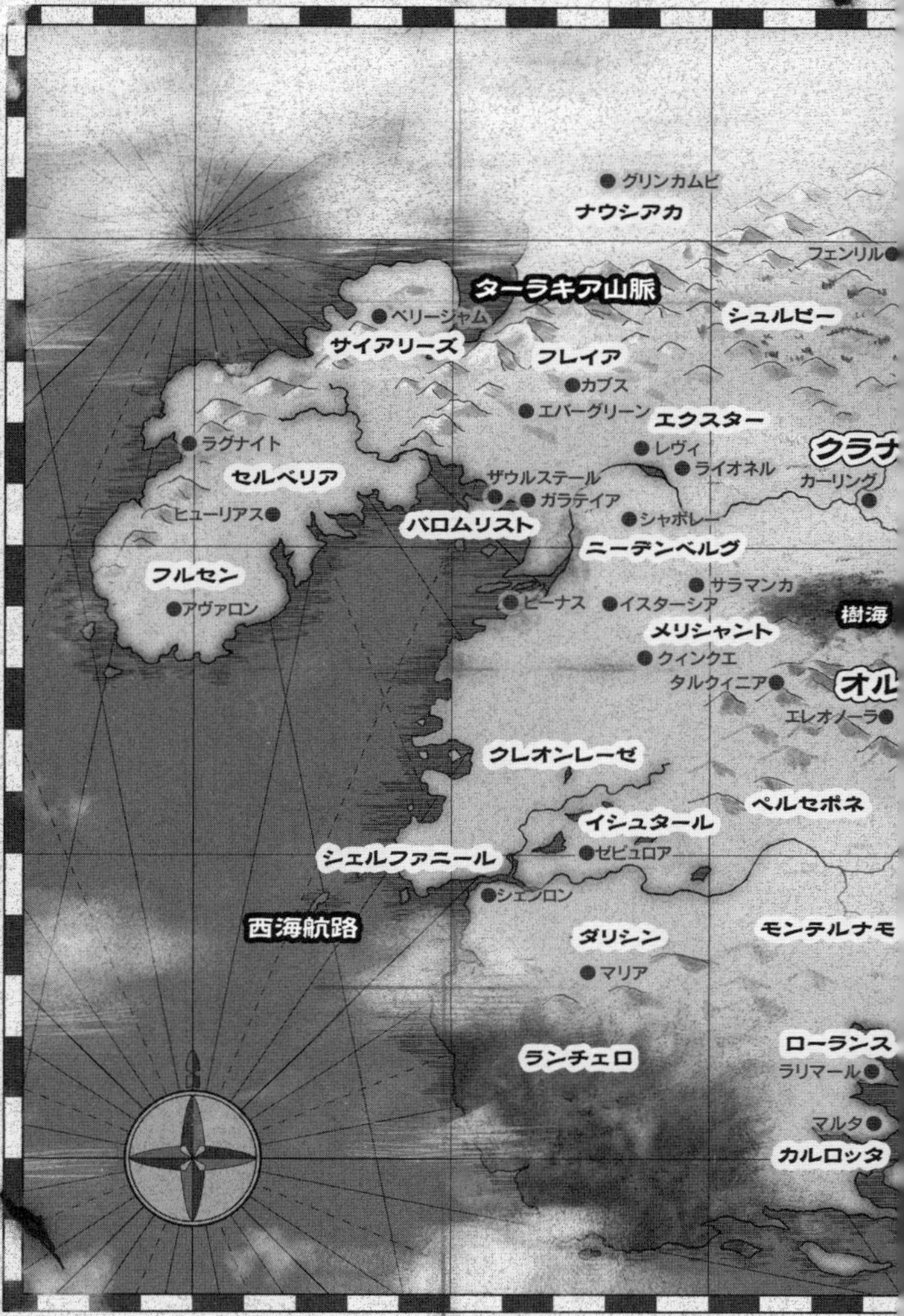
グリンカムビ
ナウシアカ
フェンリル
ターラキア山脈
ベリージャム
シュルビー
サイアリーズ
フレイア
カブス
エバーグリーン
エクスター
ラグナイト
レヴィ
ライオネル
クラナ
セルベリア
ザウルステール
カーリング
ガラテイア
ヒューリアス
シャボレ
バロムリスト
ニーデンベルグ
フルセン
サラマンカ
ビーナス
イスターシア
アヴァロン
樹海
メリシャント
クィンクエ
タルクィニア
オル
エレオノーラ
クレオンレーゼ
ペルセポネ
イシュタール
シェルファニール
ゼピュロア
シエンロン
西海航路
ダリシン
モンテルナモ
マリア
ローランス
ランチェロ
ラリマール
マルタ
カルロッタ

HaremTravesty Characters

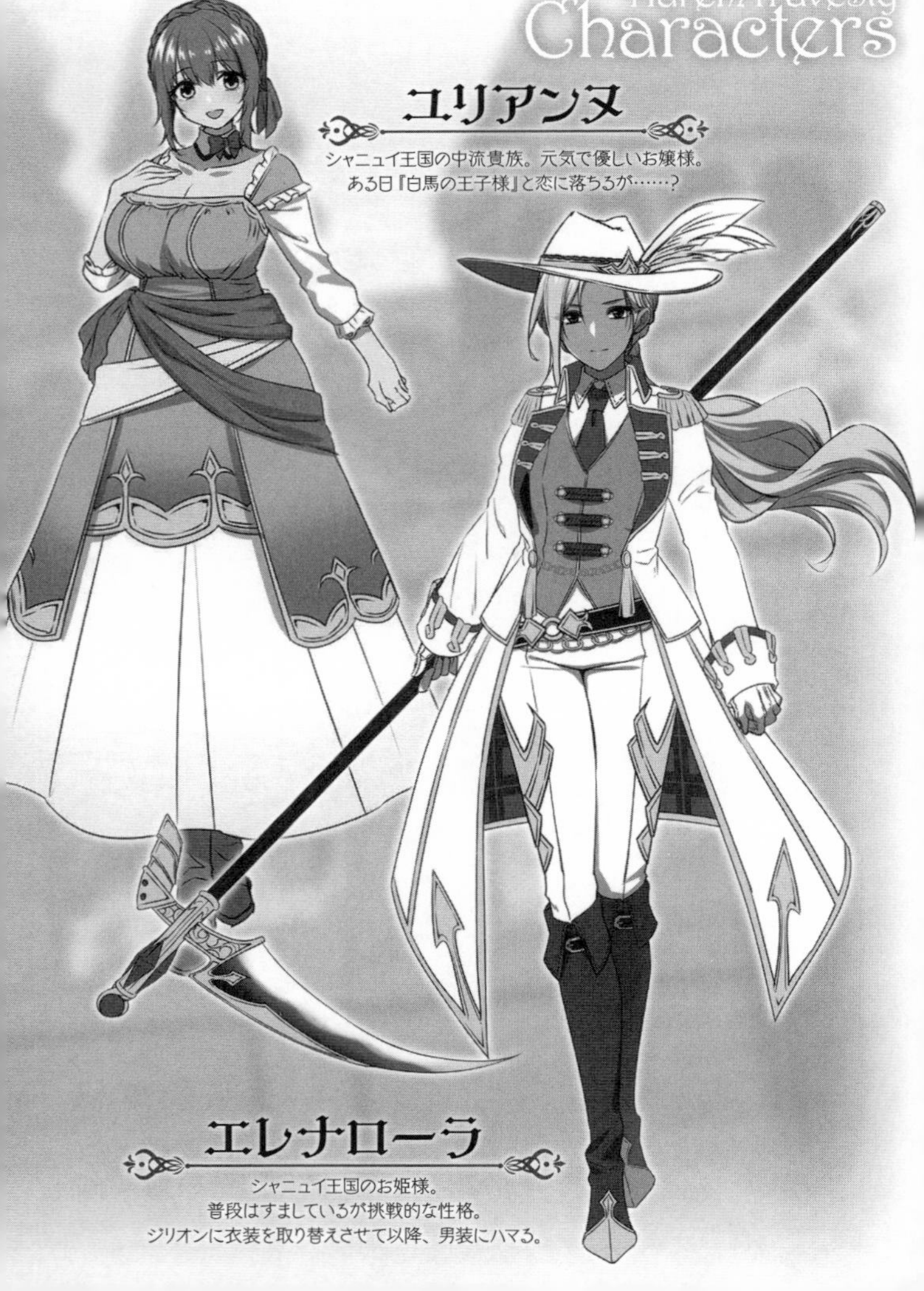

ユリアンヌ

シャニュイ王国の中流貴族。元気で優しいお嬢様。
ある日『白馬の王子様』と恋に落ちるが……？

エレナローラ

シャニュイ王国のお姫様。
普段はすましているが挑戦的な性格。
ジリオンに衣装を取り替えさせて以降、男装にハマる。

アーラバロネ

サマルランサ王国の末裔で、毒気のある高慢令嬢。
実は女好きの処女。エレナローラを毛嫌いしている。

アンヘル

王女エレナローラの教育係を務めるメイド長。
有能な女性。女装がバレたジリオンに性奉仕を命じる。

ジリオン

没落貴族の出身。ルグランジュ家の跡取りとして社交界にデビューした。
美少年だが、性格は『女の腐ったようなやつ』。

第一章　社交界デビュー

「義母《かあ》さんの名を汚さないようにしないと……」

仙樹暦970年の春、花の甘酸っぱい香りの漂う過ごしやすい夜だった。

窓から外を見ると、眩しいほどの魔法光に照りかえされた幻想的な花の咲き誇る庭園を楽しむことができる。

残念ながら夜景に目を向けるような心の余裕のないジリオンは、真新しいタキシードに身を包み、灯の元である王宮の棟を見て気合いを入れ直していた。

そこは軽妙洒脱な音楽が流れる絢爛豪華なダンスホールだ。

巨大なシャンデリアの下、大勢の楽師が音楽を奏で、それに合わせて百人を超える紳士淑女のお歴々が、優雅に社交ダンスを踊っている。

シャニュイ王国に限らないだろうが、どこの王都でも、やれ誰々何々夫人の誕生会だ、戦勝記念何周年だ、故人を忍ぶ宴だといったお題目で、連日連夜、なんらかの舞踏会は行われているものだ。

もっとも参加者たちの多くは、お題目を隠れ蓑に、人脈作りや情報戦を繰り広げているのだろう。

ジリオンは十六歳。今夜が社交界デビューだ。

いわば初陣である。戦場に赴くかのような緊張感を覚えた。

まして今夜は、シャニュイ王国の国王エリックの第一王女エレナローラの十七歳の誕生日パーティーである。

当然ながら王家の主催で、国王をはじめとした王族のやんごとなき方々がご臨席されるのだ。普通の舞踏会とは格が違う。絶対に失敗は許されない。

「……」

表情を引き締めたジリオンは、ダンスホールに足を踏み入れた。

美しく着飾った紳士淑女の大人たちの中に入って、どうしていいかわからず戸惑っていると、緑色のドレスに身を包んだ少女が近づいてきた。

「ジリオン、あなたも来たのね」

「あ、ユリアンヌ、キミもいたんだ」

見知った顔に、ジリオンは安堵した。

背は女の子らしい小柄。ジリオンの鼻先ぐらいにある茶色の頭髪は頭を囲むように編み込んでからピンで留められている。

思春期の少女らしい丸顔に、貴族の令嬢が社交界に出るのにふさわしい高級感のあるドレスと装飾品を身に着けていた。化粧も濃いわけではなく、薄いわけでもなくナチュラルに決まっている。おそらくその筋のプロが施したのだろう。女としての魅力はいつもより二割増しになっていた。

とはいえ、会場にはいくらでも美しい女性がいたから、ジリオンの持った感想は「子供っぽいな」という程度のものだった。

「まぁ、わたしがいたらいけないの？　失礼しちゃう」

ジリオンの返答が不満だったようで、ユリアンヌは頬を膨らませた。

「いや、そういう意味ではないけど」

ユリアンヌはジリオンと同い年だ。領地が隣接していたこともあって、幼少期から何かと顔を合わせる機会が多かった。幼馴染といっても過言ではないだろう。

義母から、「あの子をお嫁さんにするのもいいかもね」とからかわれたこともあり、多少、意識していないわけではなかった。

「……」

顔見知りということでユリアンヌは挨拶にきたのだろう。すぐに立ち去ると思ったのだが、すました顔で佇《たたず》んでいる。

ユリアンヌが何かを求めていることはわかったのだが、何を求められているのかわからずにジリオンは小首を傾《かし》げた。

「……えーと、何？」

童顔の少女は眉を吊り上げた。

「こういう席では、殿方からダンスに誘うものよ」

「あ、ああ」

社交界はダンスをする場所だ。

確かにダンスをしない理由はない。

自分の不始末を自覚したジリオンは、左手を胸に置き、右足を後ろに引いて跪《ひざまず》き、気取った一礼をする。

「一曲、踊っていただけますか？」

「よろしくってよ」

ユリアンヌは背伸びした、精一杯の気取った表情で右手を出してくる。その手を取ったジリオンはダンスホールに乗り出した。

「意外に踊れるじゃない」

「これくらいはね」

すまし顔のユリアンヌの皮肉に、ジリオンもまたすました顔で応じる。

実は、この日のために、義母とダンスの練習をしてきたのだ。

練習の成果は正しく報われたようで、ユリアンヌの足を踏むことなく一曲踊り終えることができた。

ユリアンヌもダンスの練習をしてきたのだろう。レディとして可もなく不可もなく踊ってみせる。

とはいえ、十代の少年少女のダンスが愛らしく感じたのか、周りの大人たちは拍手してくれた。

一踊りした小さな紳士淑女は、壁際にて一休みする。

そこに孔雀の羽根扇を持ち、鮮やかな青いドレスを着た綺麗なお姉さんが近づいてきた。

「ユリアンヌ、いいダンスだったわよ」

青紫の髪をウェーブのように波打たせている。

年の頃は二十歳前後だろうか。ジリオンやユリアンヌよりも少し年上だ。

それだけに胸も大きく、セクシーなドレス姿が見事に決まっていた。まさに社交界の華といった風格だ。

「あ、アーラバロネさま、お褒めいただきありがとうございます」

ユリアンヌは頬を紅潮させて一礼する。

その光景を見ながらジリオンは、脳裏に刻み込んできた貴賓録を素早くめくった。

アーラバロネという姫君は、確か先の王朝サマルランサの王太子ギュスターの娘だ。

シャニュイ王国では特殊な立ち位置にいる。

社交界では人脈作りが大事な仕事だ。ジリオンは素早く挨拶をした。

「はじめまして。アーラバロネさま、お会いできて光栄です」

「あなたは？」

綺麗なお姉さんは、ユリアンヌに見せた優しさの欠片《かけら》もない、醒めた調子で応じた。

「ルグランジュ家のジリオンと申します」

「へぇ～、あなたがルグランジュ将軍の跡取り」

アーラバロネは、軽く目を瞠《みは》った。

どうやらやんごとなき身分の方でも、ジリオンの義母の名前は知っているようだ。

（よし、ここだ）

ジリオンは精一杯の勇気を絞り出して、声をかけた。

「アーラバロネさま、ぼくとご一曲、お相手を願えませんか？」

「ふ～む」

華やかな扇子で口元を隠しながら、アーラバロネは値踏みするような眼差しでジリオンを見る。

「なんでわたくしがあなたと踊らなくてはならないのかしら？」

「それは……？」

社交界なのだから、綺麗な女性をダンスに誘うのは当然ではないだろうか。そう思うのだが、なんと答えていいかわからない。

戸惑うジリオンの耳元に顔を近づけたアーラバロネは、扇子で口元を隠しながら囁《ささや》く。

「わたくしを口説こうだなんて、オマセさんね」

「っ⁉」

「わたくしなら簡単にできると思ったのかしら？　スケベ」

ジリオンは顔が沸騰したヤカンのように熱く赤くなったような気がした。

それは綺麗な女性だし、お近づきになれたら嬉しいな、という下心はあったが、そこまで過剰な期待をしていたわけではない。

しかし、それをどう言葉にしていいかわからず口ごもっていると、思わぬ助け船がきた。

「こらこら、アーラ、童貞少年をからかうものではないよ」

「あら、お兄様」

二十歳過ぎの颯爽たる紳士だ。

アーラバロネとよく似た容姿だが、前髪がワカメのようにクネクネしている。

「ガーフィキーさま」

ユリアンヌは感嘆の声を上げる。

(この方が、ガーフィキーさま)

ジリオンは身体を硬くした。

アーラバロネの兄。すなわち、シャニュイ王国にとってもっとも特殊な地位にある方だ。

なにせ、世が世なら、彼はこの国の次期国王。王太子と呼ばれる存在だったのだから。

「やぁ、はじめましてだよね。ルグランジュの息子くん」

「お会いできて光栄です」

警戒感を隠せないジリオンの態度を気にするでもなく、ガーフィキーは快活に話しかけてくる。

「キミの父君は没落して農家をしていたそうだね。それがいまやルグランジュ家の跡取り息子か。他人も羨む幸運とはまさにこのことだな」

「はい」

その通りではあるが、どうも、自分はあまりいい感情を持たれていないようだ。

表情を改めたガーフィキーは、傍らでぼぉ〜としていたユリアンヌに声をかける。

「ユリアンヌちゃん、今度はぼくと踊ってくれるかい」

「はい。喜んで」

素直に喜んだユリアンヌは、ガーフィキーの手を取って歩きだす。

そこにアーラバロネが抗議の声を上げる。

「ちょっとお兄様。ユリアンヌはわたくしのお気に入りですわよ。悪さはしないでくださいましね」

「あはは、わかっているよ」

華やかに笑ったガーフィキーは、小さなレディの手を取ってダンスホールの中央に出た。ガーフィキーのエスコートは一流であり、ユリアンヌも踊りやすそうだ。ジリオンと踊っているときよりも、明らかに動きがいい。

すぐにアーラバロネも近くから消えて、ジリオンは所在なく立ち尽くした。

（ぼくは所詮《しょせん》、庶民だからな。こんな煌びやかな世界にいるのは場違いなんだ……）

自分を拾って養子にしてくれた義母のためにも、社交界でいいところを見せたいと思った。しかし、下賤な者が声をかけるのは、やんごとなき姫君に対しては失礼に当たる。

アーラバロネの態度から、すっかり自信を喪失してしまった。

身の置き所がなく目立たないようにしていると、程なくして会場の雰囲気が変わった。

司会の声が響き渡る。

「国王陛下のご入来です」

それを受けて、ダンス会場の人々は一斉に頭を垂れた。

壮年の男が、二人の女性を左右に従えて入場してくる。

シャニュイ王国の国王エリックだ。従う貴婦人たちは、同格の王妃として知られるイリーシャとギネヴァアである。

（あれが国王陛下）

いまだ三十代だが、初代国王である。平穏な道を歩いてその地位にたどり着けるはずがない。

大陸の東、世界の四分の一を支配しているといわれる大国ラルフィント王国。その南に隣接したシャニュイ王国は、建国して二十年しか経っていない歴史の浅い国だ。

亜熱帯の密林にあるこの地には、その昔、ガルシャール王国があった。

エリックの生まれたシャニュイ家は、そこの地方貴族に過ぎず、ジリオンの義母ルグランジュも、ガルシャール王国にあって将軍の位を授かっていた。

ラルフィント王国などからは辺境の蛮族とバカにされていたガルシャール王国は、豊かな富を求めて何度もラルフィント王国に侵攻した。しかし、そのたびに撃退され、仙樹暦900年には、国王までもが討ち取られるという不運にも見舞われる。

権威を失ったガルシャール王国は内紛に突入。仙樹暦950年には家臣であったギューヴゥに簒奪された。そして、できたのがサマルランサ王国である。

エリックは隠忍自重して従ったが、ガルシャール王国の残党の多くは、隣国のミュラー王国に亡命していた。ジリオンの義理の母親ルグランジュもまた、その一人だ。

そこでサマルランサ王国は、ミュラー王国に侵攻する。

国王ギューヴゥの嫡男ギュスターが、遠征軍の司令官となった。

決戦の舞台となったのが、ハプスブルク城だ。

ルグランジュをはじめとしたガルシャール王国の残党はこの城に籠もり、ミュラー王国

しまう。

それはすさまじい激戦となったらしいが、城は攻略され、ルグランジュも捕虜となってしまう。

勢いに乗ったギュスターが、そのままミュラー王国を討ち亡《ほろ》ぼそうと攻め入ったとき、国王ギュ－ヴゥが亡くなってしまった。

後継者たる嫡子が国元にいない留守を狙って兵を挙げたのが、シャニュイ家の若き当主エリックである。

というのも、長い戦乱に国民の不満は爆発寸前であったのだ。

その挙兵に、ガルシャール王国の姫君イリーシャ（別名イゾルデ）と、サマルランサ王国の姫君ギネヴァ（ギュスターの妹）が協力した。

ちなみに、イリーシャとギネヴァは幼馴染で、犬猿の仲だと知られていたのだが、それを取り持ったのが、ルグランジュだといわれている。

敵地深く踏み入れた地で、政変を知ったギュスターは即座に兵を返すが、ミュラー王国軍に追撃され、ボロボロになったところでエリック軍と決戦することになる。

前後から挟撃されたギュスターは、故国に帰ること叶わず露と消えた。

そのギュスターの忘れ形見こそガーフィキーとアーラバロネの兄妹である。

乳飲み子であったこともあり、祖国に置かれていたのだ。

幸いなことに、ギュスターの妹ギネヴァが、エリックの両王妃の一人であったため、危害を加えられることはなかった。それどころか、大貴族として、特別な存在として遇されている。

こうした経緯で誕生したシャニュイ王国であったから、過去の王国の反省からひたすらに内政に励んでいた。

この地の人々は、戦争に倦《う》んでいたというのが正解なのかもしれない。

即位して二十年、こうして連日連夜、社交界を開けるほどに国力を回復させたのだ。特にラルフィント王国が両朝に分かれて、救いのない内乱を繰り広げていることに比べれば、エリックは名君と称えられてしかるべきであろう。

まさに立志伝中の人物であり、ジリオンのような少年にとっては生きる英雄だ。

「今夜は、わが愛娘のために集まってもらってかたじけない。では、紹介しよう。十七歳となったエレナローラである」

壮年の国王が声を張り上げると、楽師たちの高らかな音色が奏でられた。そして、二階にスポットライトが当てられる。

そこに現れたのは、赤いバラを模したゴージャスなドレスを着た美女であった。

女にしてはかなり背が高い。スラリとした長身だ。

まるで月の光を漉《す》いたかのような銀髪。ツンと高い鼻に、赤い唇、赤い瞳、肌は褐色に日焼けしている。口元には優婉な微笑。

「うわぁぁぁ」

会場から溜息と感声が上がった。

「すっご～い美人」

無邪気なユリアンヌの感想が、すべてを物語っているだろう。

細身であり、腹部の括《くび》れなど両手で握れてしまうのではないか、と思えるほどに細いのに、肩幅はあり、骨格はしっかりしている。瘦身ゆえに、乳房はそれほど大きくないようだが、ないわけではない。年齢を考えるとこれから大きくなるのかもしれない。

腰の位置が高く、ドレス越しにも引き締まった臀部《でんぶ》がきゅっと吊り上がっていることがわかる抜群のスタイルだ。褐色に日焼けした肌も色っぽい。

それでいてツンとすましたクールビューティだ。

生母の王妃イリーシャによく似ている。王妃の若い頃はこのような姿だったのではないだろうか、と連想させるに十分なものがある。

花も恥じらう十七歳ということもあるだろうが、国一番のスタイリストによるコーディネートもあったに違いない。とはいえ、元がよくなければここまでの圧倒的な美は体現できないだろう。

月の女神の如き美貌《びぼう》を誇るお姫様は、赤いハイヒールでレッドカーペットを踏みしめ、確かな足取りで階段を下りてくる。

その赤い眼差しは冷たく、それでいてすべての欺瞞《ぎまん》を許さないと言いたげだ。まさに女王の風格である。

見ていて背中が粟立つ、怖いほどの美人というのは、いるものらしい。

人間には好みというものがあるから、容姿に上下を付けるのは難しいが、ジリオンの見たことのある女性の中では、ダントツに一番の美人だった。

アーラバロネも美人だと思ったが、こちらのほうが格上に思える。

あまりにも完璧すぎて、近づき難いオーラを感じられるほどだ。

国王は大事な愛娘を引き連れて参列者たちに挨拶に向かう。従うお姫様は、ニコリともせずにツンととりすましている。

国王は気さくに、ジリオンのもとにもやってきた。

慌てて跪くジリオンを、国王は鷹揚《おうよう》に立たせる。

「よいよい、ジリオン。社交界は無礼講の場だぞ。ルグランジュは元気にしているか？」

ジリオンはよく知らないが、国王はジリオンの義母を特別扱いしてくれているようである。

その養子たるジリオンにも、親しく声をかけてくれた。

「はい。毎日、弓の稽古《けいこ》をしております」

「はは、ルグランジュらしいな。たまには顔を見せにくるように言っておいてくれ」

「承りました」

畏《かしこ》まる少年を他所《よそ》に、国王は背後の娘に声をかける。

「エレナローラ。この者の母親は余の命の恩人である」

「そう」

娘のそっけない返事に、若き父親は苦笑する。

「もう少し愛想よくせぬか。すまんな。ジリオン。どうも難しい年頃で」

「いえ」

怖いほどの美人の赤い瞳で射貫かれると、ジリオンは生きた心地がしない。

「エレナローラ姫様、初めて御意を得ます。ルグランジュの養子・ジリオンでございます。以後お見知りおきください」

必死に失礼のないように振舞おうとするジリオンの挨拶に、エレナローラはつまらなそうに応じる。

「よろしく」

どうやら、やんごとなきお姫様は、田舎貴族の少年にまるで関心がないようだ。

エリックは盛大に溜息をつく。

「まったく、照れ屋で困ってしまう。そうだ、ジリオン。エレナローラと一曲、踊ってやってくれぬか？」

「そ、それは喜んで」

恐れ多いとは思ったが、国王の提案を無下にすることはできない。

作法通りに、エレナローラをダンスに誘う。

「麗しき姫君、この不調法なものを哀れんで、一曲、踊ってはくださいませんか？」

「わかったわ。父さんの命令だからね」

「はは……」

クールにはっきりと言われて、ジリオンは乾いた笑いで応じることしかできなかった。

それでもなんとか気を取り直したジリオンは、姫君の手を取ってダンスホールの中央に出る。

物憂そうであったが、さすがはお姫様。幼少の頃からきっちりとレッスンを受けていたのだろう。

非の打ちどころがないステップだ。

ただ踊っているのも失礼な気がして、ジリオンは口を開いた。

「姫様はダンスがお嫌いですか？」

「ええ、こんなことをして何が楽しいのかわからないわ」

「でしょうね」

姫様の態度から予想できた答えだ。

会話を続けることに困難さを覚えたジリオンが押し黙ると、今度はエレナローラが口を開いた。

「あなた、ルグランジュ将軍の養子なんですって？」

「はい。血縁でいえば繋がりはありません。わたしの父が、義母の亡き夫の弟に当たります」

「ふ～ん。こんな女みたいな顔した軟弱そうな男のどこが気に入ったのかしら？」

小首を傾げたエレナローラは、ジリオンの顔をしげしげと見る。

「それはわたしも思います。しかし、養子とされたからには、期待に応えたいと思います。いまのわたしにとって、実の母以上に、義母が大事です。義母の名声を辱めぬよう、しっかりと務めを果たす所存です」

「そう……」

ジリオンの決意の程に、エレナローラは大して興味がなかったようだ。

ともかくダンスは終わった。

観客の盛大な拍手で称えられる。

「エレナローラ姫、わたくしともぜひ踊ってください」

会場の紳士たちが、エレナローラに殺到した。

「ええ」

自分の誕生日会である。義務としてエレナローラはダンスを受けているようだ。

（お姫様というのも大変だ）

その光景を眺めていると、いつの間にか背後に立った国王から声をかけられた。

「どうだ。エレナローラは美人だろ」

「は、はい。あんな綺麗な人がいるとは思いませんでした」

率直なジリオンの返答に、エリックは満足そうに頷く。

「そうだろう。そうだろう。おまえとはほぼ同い年だ。仲良くしてやってくれ」

「はい。光栄の至りです。この命に替えましても、お守り申し上げることを堅く誓約いたします」

姫様を守るのは騎士の本懐である。ジリオンは国王に心から約束した。

しかし、不意に国王の声のトーンが変わった。

「あれだけの美人だからな。惚《ほ》れるのは仕方がない。しかし、手を出したら処刑だからな。たとえルグランジュの息子といえども容赦はしない。それだけは覚えておけよ」

「ひっ、そ、そのような恐れ多いことはまったく」

国の最高権力者に脅されて、ジリオンは震え上がった。

※

「いかに偉大な英雄といえども、娘に対する態度は父親なんだなぁ」

お姫様の誕生会の翌日、ジリオンは宮廷に出仕した。

まだ十代である彼は、仕事を与えられるというよりも、将来の重鎮として修業させられるというのが正しいのだろう。

「ぼく、ここでやっていけるかなぁ」

そんなことを考えながら、王宮の中庭を歩いていたときである。

「ちょっと、あんた邪魔よ。どきなさい」

「えっ」

唐突に刺々しい声を頭上から浴びせられて、ジリオンは顔を上げた。

城壁の傍の庭木の枝に、臙脂色のドレスを着たお姫様が立っている。いや、まさに飛び降りようとしていた。

「いっ⁉」

驚き逃げようと思ったが、遅かった。お姫様が飛んだのだ。

赤いスカートが豪快に、めくれる。

(あ、赤だ)

高級そうな赤いパンツが目に入ってしまった。その光景から目を離すことができる青少年はいるだろうか。

ジリオンの視線は釘付けとなってしまった。

赤いパンツが、ものすごい勢いで近づいてくる。

ばふっ！

赤い布が、ジリオンの顔を覆った。

その重さに耐えられず、ジリオンは仰向けに倒れる。

ガチン！

後頭部が芝生に当たった。もし、レンガであったなら、ジリオンは死んでいたかもしれない。

視界が真っ暗だ。

顔が上げられない。呼吸も満足にできなかった。

柔らかい、それでいて温かい物体に顔を覆われてしまっていたのだ。

(これは……!?)

なぜかわからないが、すごく幸せな窒息であった。

しかし、人間には生存本能というものがあるらしく、新鮮な空気を求めて悶える。

「あん、ちょっと、変なところに触らないでよ」

「ご、ごめんなさい」

とっさに謝ったジリオンだが、意味がわからない。

やがて顔に乗っていた圧力が消えた。

同時に暗かった視界も回復する。

ジリオンの顔を跨《また》いで、赤いドレス姿の美女が立っていた。

赤い襞スカートの奥に、濡れ光るような褐色の長い脚が二本あり、その接点には赤いショーツがある。

どうやら、ジリオンの顔を覆っていた凶器は、あそこであったらしい。

事態を悟ったジリオンは、顔から火が出そうになる。

視線を上げると、スカートの前面に大きく突き出した双山があり、その狭間の向こう側に、気位の高そうな美人顔が見下ろしていた。

月の光を紡いだような銀髪に、色っぽく日焼けした肌。高い鼻梁《びりょう》に、クールな赤い眼差し。見ていると「踏んでください女王様」と懇願したくなるような高慢な美女だ。

「ひ、姫様っ⁉」

昨晩の社交界で拝謁し、ダンスを一曲お相手していただいたシャニュイ王国の第一王女エレナローラ、その人であった。

絶句するジリオンの顔を、パンツ丸見えのお姫様はしげしげと見下ろす。

「ああ、その女顔、昨日会ったわね。ルグランジュ将軍の跡取り息子。確かジリオンだったかしら？」

「名前を覚えていていただき、光栄の至りです」

お姫様のショーツをいつまでも見ているのは、不敬に過ぎるというものだ。その股の間から抜け出したジリオンは、素早く立ち上がって直立不動となる。

挨拶と謝罪をしようとするジリオンの言葉を、エレナローラは遮る。

「わたしはここにいない。いい、わかった」

「えっ⁉」

唐突な宣言に呆然《ぼうぜん》とするジリオンが返事をするよりも先に、お姫様は四つん這《ば》いになると、近くの茂みの中に潜り込んでしまった。

わけがわからず立ち尽くしていると、今度は黒い髪を結い上げ、銀縁の眼鏡をかけた侍女がやってきた。

年の頃は二十代の後半といったところだろうか。

仕事はできそうだが、同時に怖そうである。ハイミス一直線といった雰囲気の女だ。

「失礼、ジリオン卿でしたね」

「あ、はい」

「こちらでエレナローラさまをお見かけいたしませんでしたか？」

エレナローラ付きの侍女なのだろうと悟ったジリオンは、視線を茂みのほうに動かしそうになったが、必死に我慢した。そして、なんとか虚勢を張って、相手の瞳をまっすぐに見る。

「いえ、見てません」

嘘をつくことに罪悪感を覚えないわけではないが、お姫様の頼みを断ることなど、紳士にできるはずがない。

「では、赤いドレスをきた猿は？」

それがエレナローラを指していることがわかり、思わず目を剥《む》いたジリオンだが、なんとか笑ってごまかす。

「猿？　はっはっ、ここは王宮の庭園ですよ。そんなものがいるはずはありません」

怖そうなお姉さんはもの言いたげな顔で、じっとジリオンの顔を見る。

「左様ですか。失礼しました」

そう言っておっかないメイドさんは立ち去った。

「ふぅ」

ジリオンが溜息をついていると、茂みからいそいそと赤いドレスのお姫様が出てくる。

「よくやったわ」

ドレスに付いた葉っぱを払うお姫様の仕草が、どこか猿っぽい気がしないでもない。

「あの、姫様が内緒にしろというから、内緒にしましたが、どういうことでしょうか？」

「あの口喧しいメイドのせいで、わたしは一日中、ダンスだの、行儀作法だの、裁縫だの、愚にもつかない苦行をさせられていたのよ」

「あ、なるほど……」

つまり、勉強から逃げてきたということか。

どうやら、このお姫様は、月の女神のような優雅な見た目に反して、とんでもないお転婆だったようだ。

肌が飴色に日焼けしていることを考えれば、活発な性分であることは想像してしかるべきだったろう。

外見と中身のギャップに、ジリオンは頭を抱えたくなる。

「それでお付きの者を巻いて、どこに行かれようとしているのですか？」

「城下に行くわ」

「え、それはダメです」

慌てて止めるジリオンに、エレナローラは不機嫌そうな顔で腕組みする。

「なぜ？」

「なぜって、それは、その……姫様の格好、めちゃくちゃ目立ちますから！　城下の者たちがびっくりして大騒ぎになります。庶民に迷惑をかけるのはよくありませんよ」

絶世の美人である。そのうえ、豪奢なドレス。こんな女性が、一人で城下町を歩いていたら、どんな大騒動になるか、想像しただけで恐ろしい。

「なるほど、一理あるか」

エレナローラは、細い顎《あご》に右手の人差し指を添えて、少し考える表情になる。

「ふぅ」

どうやら説得に成功したとジリオンは安堵する。

「ですから、部屋に戻りましょう。姫様のお付きの方々も心配していますよ」

「この格好では目立つな。よし、ジリオン卿、服を交換しよう」

「えっ⁉」

どうしてそういう結論になる。

絶句するジリオンの前で、エレナローラはごく当たり前に交差させた両手で赤いドレスの裾を持ってひっくり返して、豪快に頭から抜いてしまう。

中からは赤いブラジャーとショーツという下着姿があらわとなった。

春の暖かい陽の光の中、下着姿となったお姫様は、ジリオンに右手を差し出す。

「さぁ、あなたの服を寄越しなさい」

「え、いや、嫌ですよ」

ジリオンが拒絶すると、半裸のお姫様は眉を顰《ひそ》める。

「あなた、わたしに下着姿で歩き回れというの？」

「いえ、そんなこと言っていませんから！　そんなことより早く元の服を着てください。

そんな格好しているところを誰かに見られたら」

お姫様の下着姿をまともに見ることができずに、明後日の方向に視線を向けながらジリオンは必死に説得を試みる。

しかし、エレナローラは傲慢に顎を上げて言い放った。

「いやよ。あなたが服を寄越すまで、わたしはこのまま」

「しかし、もし誰かきたら」

動揺する家臣に向かって、お姫様は口角をニヤリと吊り上げる。

「そのときは、ジリオン卿に無理やり脱がされたと言うわ」

「えっ⁉」

絶句するジリオンに、美しい下着姿の女悪魔はのたまった。

「お父様に知れたらどうなるかしらね」

国王の親バカぶりは、昨日、十分に見せてもらった。

お姫様のレイプ未遂。十分に処刑に値する罪だ。自分に期待をかけてくれている義母にも迷惑がかかる。

尊敬する義母を失望させることだけはできない。顔を真っ青にして、全身から嫌な汗をかいているジリオンに、エレナローラは言い募る。

「さぁ、とっととあなたの服を寄越しなさい」

「わ、わかりました……」

下着姿のお姫様の脅しに屈したジリオンは、しぶしぶ服を脱ぐ。

脱いだ先から奪い取ったエレナローラは、ズボンとベスト、そして、ジャケットをまとった。

「靴もよ。あら、足のサイズまで一緒じゃない」

最後に適当な布で、長い銀髪を一本結びにする。

「よし、これで男に見えるだろう」

エレナローラは左手を腰に当てて、自信満々に胸を張る。

「いや……」

ジリオンは言葉に詰まった。確かに似合っている気がしないでもない。

(カッコイイことはカッコイイよな。しかし、こんな男いないだろ)

女性だと知っているせいだろうか。男装した女性にしか見えない。

胸が膨らみすぎていて、腹部が細すぎる気がする。手足も細い。スタイルがよすぎるのだ。

男装の麗人は、パンツ一丁のジリオンに命じた。

「ほら、あなたも早く、わたしの服を着なさい。下着姿はみっともないわよ」

「え、わたしが姫様の服を、いや……はい」

女性の服を着るのは躊躇《ためら》いがある。しかし、城の中庭にて下着姿でいるのはなんとも心細い。

やむなく、ジリオンはお姫様の脱ぎたてのドレスを着た。

その光景を興味深げにしげしげと観察していたエレナローラは、最後にヘッドドレスを取り出すと、ジリオンの頭髪を結い上げる。

「ほぉ、意外とよく似合うわね」

「そうでしょうか？」

「ええ、女顔だけあって十分に女に見えるわ」

エレナローラに太鼓判を捺されても、素直に喜べない。

(ああ、お姫様の匂いに包まれている)

女の服を着るなど恥辱であるはずなのに、なんともいえない恍惚《こうこつ》感に包まれる。

不意にエレナローラが驚いた顔をした。

「ん？　スカートの中に何か入っていたか」

エレナローラの視線が、ジリオンのスカートに覆われた股間に向かっている。

その視線を追ったジリオンは絶句した。

スカートの中央を持ち上げるようにして、盛り上がっていたのだ。

「こ、これは……」

お姫様の生着替えを拝見した上に、その体温の感じられるドレスを着たのだ。思春期の少年として当然の生理現象が起こってしまったのだ。

ジリオンは恥じ入り隠そうとしたが、遅かった。

エレナローラの右手が伸びたかと思うと、スカートを盛り上げていた部分を鷲掴《わしづか》みにされたのだ。

「あう！」

スカートの布越しとはいえ、逸物《いちもつ》を初めて異性に触られた。それも同年代の絶世の美人に。

これは幸福な体験といっていいのだろうか。

「なんだこれは？」

不思議そうな顔をしたエレナローラは、手にしたものを強く握った。

「ひぃ⁉」

グリ……

しかもねじった。

「わたしの服にはこのような装飾品は付いていなかったはずだが……」

ゴリゴリ
二つの玉をクルミでも割るかのようにこすり合わされた。

「ひぃぃぃぃぃ」

「何を情けない悲鳴を上げている？」

「そ、それはおちんちん……です」

へっぴり腰のジリオンが、激痛に涎《よだれ》を噴きながら答えると、エレナローラは納得したといった顔で、手を放した。

拷問から解放された少年は、両足から力が抜けて頽《くずお》れ、俯《うつぶ》せで尻だけを高くかざす。

股間を押さえてピクピクと痙攣《けいれん》している女装少年の頭頂部を見下ろしながら、颯爽たる男装の麗人は肩を竦《すく》める。

「ああ……聞いたことがある。男の股間にあるという話だったな」

「は、はい……」

「確か男の急所で、蹴り上げられると、それで動けなくなるとか。なるほど、握られただけでも動けなくなるのか」

激痛で勃起《ぼっき》が治まったのは不幸中の幸いというやつなのだろうか。必死に顔を上げたジリオンは涙目で頷く。

「ふ～ん、だらしないな。まぁいい」

そう言い捨ててエレナローラが立ち去ろうとしたので、尺取虫のようになっていたジリオンは慌てて右手を伸ばし、後ろ脚を捕まえた。

「どちらに？」

「城下よ。実は今日はわたしの誕生日を祝って市が開かれているらしいの。覗いてみたいわ」

「姫様を一人にするわけには参りません。せめてぼくをお供にお付けください」

エレナローラは面倒臭そうな顔をしたが、女装した少年の必死の形相に妥協する必要を感じたようだ。

「まぁ、いいわ。ついてくるのは勝手よ」

「ありがとうございます」

かくして、男装したお姫様と女装した貴公子様は、こっそりと城門を抜け出す。

門番はいたってルーズであった。

「どうだ。なんとかなっただろ」

「そうですね」

ジリオンは溜息まじりに頷く。

（ああ、女装している姿を誰かに見られるだなんて、一族の恥だ。義母さんに知られたらきっと失望される）

そう考えたジリオンは、正体がバレないように女の子っぽい演技をしなくてはならなかった。

そんな女っぽい仕草を一生懸命に演じている自分が情けなくて、死にたくなってくる。

(いや、これも姫様を守るため、騎士の務めだ)

そう自分に言い聞かせて、なんとか正気を保っているジリオンとは逆に、すっかり男になりきっているエレナローラは満足そうな顔で、店を見て回る。

「おお、やはり城下は賑わっているな。父上の治世が上手くいっているという証だな」

「はい。陛下はまさに英主と称えられるべき方でしょう」

「おお、この帽子はいいな」

エレナローラは、羽根帽子がいたく気に入ったようである。

お姫様は持ち合わせがなかったらしく、ジリオンが立て替えた。

そのとき、ジリオンはふと気付く。

(人目を忍んでお姫様と城下町探索か。これは、いわゆるデートということになるのだろうか?)

「お似合いですよ」

ジリオンには、同世代の女の子と一緒に商店街を巡った経験はない。

自分が普通の男装で、エレナローラが女性らしい格好のままであったなら、ジリオンは生涯の思い出として、この日のことを記憶したであろう。しかし、恥辱の女装体験ということで、一刻も早く脳裏から消したい黒歴史となりそうだ。

ウィンドウショッピングを満喫しているエレナローラの後ろを、ジリオンが頭を悩ませながら歩んでいると、不意に剣戟《けんげき》の音が聞こえてきた。

「キャ〜」

多くの市民が悲鳴を上げて逃げてくる。

「ん？　何事だ」

エレナローラの尊大な質問に、市民が答える。

「野盗の襲撃です。あちらで貴族の馬車が襲撃されています」

「何？　よし、任せろ」

聞くやいなや目を輝かせたエレナローラは颯爽と駆けだした。

「え、ちょっと、ひ、いや、お待ちください」

辛うじて姫様と叫ぶことは自制したジリオンは、絶対に姫様をトラブルに巻き込ませないつもりでいた。それなのにトラブルを聞いて、嬉々として首を突っ込もうとするエレナローラの態度に仰天する。

後に続こうにも、履きなれないヒールのせいでまともに走れない。みるみるうちに差を広げられる。

どこぞの貴族の馬車を、三人ほどの野郎が囲んでいた。

ここは王都の城下町だ。そこで貴族の馬車を襲うなど、無法にも程がある。

「これは別嬪さんだ。ほら、来な。悪いようにしないから」

「やめて、放して～」

馬車の扉がこじ開けられ、中から黄色いドレスを着た貴族令嬢が姿を現す。

（あれは、ユリアンヌ⁉）

見知った顔に、ジリオンは目を剥く。

「やめたまえ！」

朗々たるエレナローラの一喝が響き渡った。

強盗たちが視線を向ける。

「どこぞの貴族の坊ちゃんか。余計なことに首を突っ込むな。綺麗な顔が台無しになるぞ」

「ふっ、それはできない相談だな」

気取った笑みを浮かべたエレナローラは、右手を高く上げた。

「シャニュイ王国のお膝元にて、白昼堂々の強盗とは命知らずにも程があるな。天に代わって成敗してくれる」

クルリ
腕の陰から、巨大な戦鎌が現れる。

物理的にはあり得ない出現の仕方だ。魔法を使用したのだろう。

「失せろ。下郎」

両手に持った戦鎌をエレナローラが一振りすると、旋風が巻き起こった。

盗賊を三人まとめて吹っ飛ばす。

「おのれ！　魔法とは卑怯だぞ――」

野盗たちは文字通り飛んでいった。

（強い）

ジリオンは、姫様を守るナイトのつもりでいた。しかし、どうやらエレナローラの個人武勇は、ジリオンよりも格上のようである。

（ユリアンヌ）

誘拐されようとしていた少女は、危機を脱してもぐったりとしている。

ジリオンとしては、幼馴染の少女のもとに駆け寄り、無事を確認し、励ましたいところであったが、しかし自分は女装中である。そのため躊躇った。

エレナローラのほうは頓着《とんちゃく》することなく、ユリアンヌのもとに歩み寄ると、お姫様抱っこで抱え上げる。

「お嬢さん。怪我はないかい」

「はい。あなたさまのおかげで、わたくしはなんともありません」

エレナローラの腕の中で、ユリアンヌの頬はぽっと紅潮している。

「それはよかった」

ジリオンは、ユリアンヌの郎党たちの怪我を確認する。

「こちらも、皆無事のようです」

エレナローラは、従者たちのもとにユリアンヌを預ける。

その耳元にジリオンは、告げた。

「とっとと退散しましょう。すぐに警邏《けいら》が駆け付けますよ。そうなるとややこしいことになります」

警邏は、必ずジリオンとエレナローラの身元を確認しようとするはずだ。バレる前に退散するに限る。

「それではぼくはこれで失礼するよ」

悠然と背を向ける命の恩人に、ユリアンヌは必死に声をかける。

「お名前を、ぜひお名前を教えてください」

「はっはっはっ、名乗るほどの者ではないよ」

腹から声を出しながら、男装の麗人は颯爽と立ち去った。

その後ろ姿を、目をハートにしたユリアンヌは見送る。

「ああ、なんて高潔なお方♪」

※

多少肝が冷える騒動はあったものの、夕方には、男装したエレナローラと女装したジリオンは王宮に戻った。

そして、庭の片隅で、互いの服を元に戻す。

「今日は楽しかった」

「それはよかったですね」

お忍びでの城下探索を、エレナローラは満喫したようだが、ジリオンは心労で倒れそうである。

「また協力を頼むぞ。ジリオン卿」

「嫌ですよ」

女装するなど二度とごめんだし、エレナローラのお供など命が幾つあっても足りない。

ジリオンは断固として拒否した。

第二章　お姫様の犬

「エレナローラ姫、ご入来」

有力貴族の猶子であるジリオンにとって、昼間は城にて政治の研修。夜は社交界に出席するのはいわば義務のようなものだ。

まして、王女エレナローラの臨席とあれば、出席しないのは失礼というものだろう。

会場に入ると、一段高い特等席に、赤いセクシーなストラップドレスを着たエレナローラが、まるでお人形のような顔をして端座している。

（こうしてみると、まさに深窓のご令嬢だなぁ。あれがまさか野外で下着姿となって、無理やり男の服を奪い、城下に遊びに行って、独りでならず者退治をしてしまうお転婆だとは誰も思えないよな）

超然とした顔とは似つかわしくない姫様の正体を知ってしまったジリオンは、溜息とともに頭を振るう。

すると、エレナローラの傍らに控えていた、黒髪を結い上げて銀縁の眼鏡をしたメイドにジロリと睨まれる。
（ヤバ）

ジリオンは慌てて視線を逸らした。

(昨日、姫様を捜していた侍女だよな。ぼくが逃がしたことバレたかな?)

侍女とはいえ、王女様付きである。おそらく名のある女騎士なのだろう。雰囲気がただ者ではない。

絶対に怒らせてはいけないタイプの女性だ、と少年の本能が告げている。

冷や汗を流してたじろぐジリオンに、まったく別方向から興奮した声が浴びせられた。

「ねぇ聞いてジリオン。昨日、すっごく素敵な殿方に会いましたの」

振り向けば、緑色のドレスを着たお姫様がいた。所領の隣接する貴族のお姫様ユリアンヌである。

ジリオンはただちに事態を悟った。

「あ、ああ……。聞いたよ。キミがかどわかされそうになったと。大変だったね」

親身になって励まそうとするジリオンに、ユリアンヌは大きな乳房を揺らしながら詰め寄る。

「ええ、ええ、そうなんですの。わたしが暴漢に襲われて、間一髪といったところにまるでお伽噺《とぎばなし》の騎士様のように颯爽と現れて、卑劣な暴漢たちをなぎ倒し、わたしを救出すると、名前も告げずに去っていってしまわれましたわ」

「そ、そうなんだ」

ユリアンヌの激しさに押されて、ジリオンは後ずさる。

「ああ、この世のものとは思えぬ美しい殿方でしたわ。その上、お強い。ねぇ、ジリオン。この騎士様のことご存じありませんこと？」

「え、えーと……」

もちろん、正体は知っている。

舞踏会の特等席で、お高くとまった顔をして座っているエレナローラをチラリと見る。

(まさかキミが夢中になっている殿方が、エレナローラ姫だとは言えないよなぁ)

返答に窮しているジリオンなどお構いなしに、ユリアンヌは夢見るように語り続ける。

「世の中にあんなに美しい殿方がいただなんて、いまだに信じられませんわ。強く高潔で、麗しい。ああ、白馬に乗った王子様というのは本当にいたんだわ」

「そ、そうなんだ……」

内心で助けて、と悲鳴を上げているジリオンに思わぬ助け船が入った。

「でも、そのような殿方、聞いたことがありませんわね」

青紫色の波打つ長髪をし、青いドレスを着、羽根扇を持った権高な美女であった。

「あ、これはアーラバロネさま、こんにちは。本日も美しいですね」

ジリオンの紳士としての社交辞令を、アーラバロネは当然といった顔で聞き流し、夢見る乙女に語りかける。

「そのユリアンヌの意中の方は、この会場にもいないのでしょ？」

「ええ、捜したのですが、どこにも……」

ユリアンヌはしょんぼりと肩を落とす。

「だとすると、きっと身分卑しいものですわよ」

「そんな、すっごく気品がありましたわ。あれはきっとやんごとなき身分の方」

断言されたアーラバロネは、真剣な顔で窘《たしな》める。

「あなたは貴族のご令嬢でしょ。そんなどこの馬の骨かわからぬものにうつつを抜かすのは感心しませんわ」

「そんな、愛に身分差なんて関係ありませんわ」

「ふぅ、恋の病に付ける薬はありませんわね」

駆け落ちも辞さないと言いかねない少女を前に、世慣れたお姉さまは処置なしと言いたげに肩を竦める。

「アーラ、そうきつく当たるものではないよ」

「あら、お兄様」

アーラバロネが兄と呼ぶ人物は一人しかいない。ガーフィキーだ。

前髪がワカメのように波打つ青年がキザったらしく一礼する。

「ユリアンヌ姫、わたしは騎士の者どもにも顔が利きます。それほど腕の立つ騎士ならばすぐに見つかるでしょう」

「まぁ、ガーフィキーさま、ありがとうございます」

まるで手掛かりがなくて途方に暮れていたユリアンヌは目を輝かせる。

「なーに、お安い御用さ」

鷹揚に応じたガーフィキーは、それからジリオンに一瞥《いちべつ》をくれる。

「それにしてもジリオン卿、キミは気が利かないな。キミとユリアンヌは幼馴染なのだろう。こういうときに力になってやるのが男の器量というものだよ」

「その通りですね。ご忠告痛み入ります」

「ふっ」

鼻で笑うガーフィキーを見て、ジリオンは自覚せざるを得なかった。

(ぼくは、ガーフィキー卿に嫌われているな。いや、ライバル視されているのか)

養子とはいえ、シャニュイ王国の建国の功臣たるルグランジュ将軍の跡取りだ。意識するな、というのが無理な相談なのだろう。

※

「はぁ～、舞踏会は苦手だな」

パーティーが終わり、紳士淑女は帰途に就く。ジリオンもまた馬車の待つ場所まで、王宮の回廊を歩いていた。

知らず溜息が出る。

政治にせよ、軍事にせよ、大事なのは人間関係だ。それを築くために社交界に出ることは必須である。

それとわかっているのだが、顔が広くなれば、それだけトラブルも多くなる。嫉妬や猜疑心《さいぎしん》といった負の感情にあてられることもある。

ガーフィキーに何かと器量の差を見せつけられるのはいい。年齢も違うし、立ち位置も違う。

(別に、ユリアンヌと将来を誓い合ったわけではないんだよな)

ただの幼馴染だ。家柄が同じぐらいで、結婚相手としてはちょうどいいというだけである。しかし、昔、義母にからかわれたこともあって、どうやら、心の片隅では多少意識していたようだ。

彼女が他の異性に興味を持っているということを知って、なぜかショックを受けている自分の心に驚いている。

(でも、好きな女の子が、他の男が好きになったと相談してきて。その男が実は女。こういうとき、ぼくはどうすればいいんだ)

複雑な状況に悩んで歩いていると、唐突に背後から口元を押さえられた。

「っ⁉」

驚き振り払おうとしたところに、右腕の肘に柔らかいものが当たった。

（これは……おっぱい⁉）

後ろに目を向けると、月光のような美しい銀髪に、褐色のクールな顔が見えた。

相手の正体を悟ったジリオンは抵抗をやめる。

引きずられるままについて行くと、見知らぬ部屋に連れ込まれた。そこでようやく拘束を解かれる。

自由を取り戻したジリオンは、呆れながら誘拐犯に声をかけた。

「王女殿下、いきなりなんですか？」

赤いドレスのお姫様は悪びれた様子もなく、両手を腰に当てて、胸を張る。

「うむ、おまえとわたしが話しているところを宮廷スズメたちに見られると、いろいろと煩わしいからな」

「はぁ、左様で……」

確かにお高くとまったエレナローラが、異性と親しく会話をしていたとなったら、たちまち噂になるだろう。

「それで、ここは？」

ダンス会場の控室ではない。使用人たちの控室でもなかった。

明らかに普段使われていない部屋だ。大工たちが使う壁の裏といったところだろう。

「王宮内の使われていない部屋の一つだ。ここでなら何を話しても安全だ」

「なんでそんな場所を知っているのですか？」

お姫様が入るような部屋ではない。

「なんでも何も、ここはわたしの生まれ育った場所だぞ。子供の頃から探検しているからな。抜け道も空き部屋も隠し部屋も皆心得ている」

「なるほど……」

さすがはお転婆姫様。幼少期から側近たちの目を盗んで、王宮内を探索して回っていたのだろう。

（深窓の令嬢然とした外見に騙されるけど、中身は完全に手の付けられない猿だよな、この人）

彼女の側近の評価を思い出したジリオンは、国民や臣民、そして国王を騙して猫をかぶっているお姫様に呆れながらも質問する。

「それでぼくをここに連れてきた理由はなんですか？」

「また外に行きたい。服を交換しろ」

「イヤです」

間髪を容れずに拒否されたエレナローラは瞬きをする。それから改めて権高に顎を上げながら口を開いた。

「貴様、わたしが命令しているのだぞ」

自分の命令に従って当然という態度に、内心で腹を立てながらジリオンは応じる。

「あのですね。女装なんてしているところを誰かにバレて、噂にでもなったら、ぼくの名誉はどうなるんですか？　義母に合わせる顔もなくなります」

尊敬する義母に失望されるのは、絶対に避けたい。いや、避けねばならなかった。これはジリオンにとって、何よりも優先されることだ。

「大丈夫、似合っていたぞ」

「いや、嬉しくないですから」

取り付く島もないジリオンの返答に、エレナローラは不満そうな顔をする。

「別におまえについてこいなどと言ってない。服を貸すだけでいいのだ」

「いや、姫様を一人で外出させるなどと、それこそ許されませんよ」

「わかった。一人で城下には行かん。城の中をちょっと歩いてみたいだけだ。この格好では目立って仕方がないのだ。おまえはついてこなくていい。わたしの部屋で隠れていればいい。侍女が来たら、わたしがいるように適当な返事をしておいてくれ」

その身勝手な提案に、ジリオンは断固とした口調で応じる。

「絶対に嫌です」

「わたしが頭を下げて頼んでいるんだぞ」

「ダメなものはダメです」

ジリオンの意思が堅いとみたのだろう。エレナローラはやれやれといったふうに肩を竦める。

「わかった」

納得してくれたか、と安堵したのもつかの間だ。

「ただでとは言わぬ。そうだな……」

エレナローラは思案顔をする。とはいえ、彼女はお姫様といえども未成年。権力はないに等しい。自由にできるお金もないのだろう。

つまり、ジリオンを篭絡《ろうらく》する賄賂は出せないということだ。そう考えたのは甘かった。

パチン！

何やら思いついたらしいエレナローラは右手の指を鳴らす。

「わたしのおっぱいを触らせてやろう」

「え？」

驚くジリオンに向かって、眉を寄せて、小バカにした表情になったエレナローラが挑発的に顔を近づける。

明らかにドレスの胸の谷間を、ジリオンの視界に見せつけていた。

「男はおっぱいを触りたい生き物なのだろ。おまえも先日、わたしの胸元をジロジロ見ていたからな」

「いや、そんな非礼なことは……」

たじろぐジリオンに対して、自分の乳房が武器になると悟ったエレナローラは両の肘で双乳を左右から押して、谷間を強調する。

「おまえが服を貸してくれるというのなら、わたしのこのおっぱいに好きなだけ触らせてやろう。どうだ、悪くない条件ではないかな？」

「いや、いやいやいやいやいやいや、何言っているんですか！」

ジリオンが驚き慌てるさまに調子を得たエレナローラは、自らドレスに包まれた乳房を両手に持って握る。いや、揉みながら持ち上げた。

「わたしはおっぱいの形にはかなり自信がある。その辺の宝石よりは貴重だと思うがな。見たくないのか？」

「いや、それは……」

見たくないはずがない。

動揺している少年貴族に向かって、ニヤリと口角を吊り上げた王女様は、自らのドレスの胸元に、右手の人差し指をかけた。

そして、ぐいっと引き下ろす。

フリルレースが盛大に付いたゴージャスなブラジャーがあらわとなる。

「ひ、姫様っ⁉」

「ほら、遠慮するな。見るだけはタダだぞ」

慌てるジリオンの前でエレナローラは、ブラジャーを外してしまった。

一瞬、目を奪われた青少年であったが、見たら目が焼けて、失明してしまう気がして、必死に顔を背ける。

「な、何を考えているんですか？　しまってください！」

「ふん、おまえは不思議な生き物だな。興味があるのに、まともに見ることもできんのか？　ほら、前払いだ。好きなだけ見るといい」

上半身を裸としたエレナローラは、両手で銀髪をかき上げつつ反り返ると、生乳を見せつけてくる。

「ほら、わたしが見ていいと言っているのだ。遠慮せずに見るといい」

「……」

ジリオンがきつく目を閉じると、エレナローラは声にドスを利かせてくる。

「わたしに恥をかかせようというのか？」

「いえ、そのような……」

追いつめられたジリオンは恐る恐る瞼を開く。

すると本人の意思とはかかわりなく、まるで磁力でも発生しているかのように、視線を吸い寄せられる。

褐色に日焼けした肌とは違い、白い乳房であった。頂にピンク色の乳首がある。まるでピンクダイアモンドのようだ。

（お、おっぱいだ……）

細身の割には大きかった。いや、量的な意味ではそれほど大きくないかもしれない。ユリアンヌのほうが巨乳だろう。

しかし、エレナローラの乳房は、筒のように前方に飛び出し、乳首は上をツンと向いているさまが、存在感を主張している。

「うふふ」

頑《かたく》なだった少年の視線が自分の乳房に釘付けになっているさまに、トップレスの女は満足そうに笑う。

「今後、わたしの言うことをなんでも聞くというのなら、このおっぱいに触っていいぞ」

「いっ⁉」

ジリオンはのけ反る。しかし、乳房から目が離せない。

上から目線の嗜虐《しぎゃく》的な笑みとともに、エレナローラはさらに一歩近づいてきた。

「おっぱいに触りたいのだろ」

「そ、それは……」

心を見透かされて動揺するジリオンの手を、性悪なお姫様は取った。そして、自らの乳房に導く。

「なに、取って食おうというわけではない。わたしの手下になれと言っているだけだ。ほら、手付だ」

ダメだと頭では思っているのに、エレナローラの手を振り払えない。

気付いたときには、掌にぷよっとした感触がきた。

(こ、これがおっぱい。姫様のおっぱい)

ダメだと思っているのに、手にした肉を握ってしまう。

プニプニプニ……

「……」

じっとりと汗ばむ掌で、無心に乳房を揉むジリオンの耳元で、口角を吊り上げたエレナローラは声をかける。

「どうだ？　わたしのおっぱいに触った感想は？」

「や、やわらかいです」

やっとの思いで答えたジリオンであったが、その手は無意識のうちに柔肉を揉み込んでしまう。

すました顔をしたエレナローラが囁く。

「ほら、わたしは代金を払ったぞ。次はおまえが約束を果たす番ではないのか？」

「そんな約束をした覚えは……」

なお口答えをしようとしたジリオンの手の甲を、エレナローラはぐいっと押す。

ジリオンの手に、硬いコリコリとした突起が感じられる。

「おまえは、わたしのおっぱいをタダ揉みするつもりか？」

ゴクリ……

ジリオンは生唾を飲んだ。

(なんなんだおっぱいって、触っているだけですげぇ幸せ。それにこの硬い乳首を吸ったらどれほど美味しいのだろう。きっと甘く蕩《とろ》けるような味がするに違いない)

そんなピンク色の妄想にとらわれてしまったジリオンは、喘ぎながら口を開く。

「あの、姫様、その……」

「なんだ？」

「そ、その……お、おっぱい、舐めさせていただけるのでしたら、ぼく、なんでもします。姫様の忠実な犬になります」

姫様の篭絡作戦に、ついにジリオンは負けた。

その敗北宣言を聞いて、勝ち誇ったエレナローラは傲然《ごうぜん》と顎を上げる。

「なるほど、犬か。ルグランジュ将軍の跡取りの言葉には、万金の価値がありそうだ。よかろう。今後、おまえがわたしに絶対の忠誠を誓うというのなら、わたしのおっぱいを舐めることを許す」

「誓います。ぼくは姫様の忠実な犬となります」

宣言と同時に、ジリオンは両手に乳房を掴んだまま、両膝を床について跪き、左の乳首に吸い付いた。

エレナローラは、哀れな人間に慈悲を与える天使のような表情で、ジリオンの頭を両手で抱く。

（ああ、これがおっぱい。姫様のおっぱいの味なんだ）

我を忘れた少年に、両の乳房へむしゃぶりつかれたエレナローラは、足下がふらつき、部屋にあったマットのようなものに腰を下ろした。

「まったくいきなりがっつきおって。好きなだけおっぱいを吸わせてやるから、ここに横になれ」

「はい」

もはや理性が完全に飛んでしまっているジリオンは、命じられるがままにお姫様の膝に頭を預けて仰向けになった。

エレナローラの左側に両足を投げ出した形だ。

「おっぱいにしゃぶりつきたいなど、まるで赤ん坊だな」

嘲笑しながら前かがみとなったエレナローラは、乳房を差し出す。そのすでに唾液に濡れ輝き、ビンビンに突起してしまっている乳首に、ジリオンは再び吸い付く。

「チューチューチュー」

「ったく、普段は紳士ぶった顔をしていたくせに、どれだけおっぱいが好きなんだ。くっ、……アンヘルのやつに聞いてはいたが、男というのは本当におっぱいが大好きな生き物なのだな、うん」

「チューチューチュー」

なんと言われようと、いまのジリオンには聞こえなかった。

ただひたすらに、夢中になって乳首を吸う。

両手に持った乳房を揉みしだきつつ、二つのピンクダイアモンドを交互に口に含んだ。

乳首から何か出ているというわけではない。しかし、目に見えない、舌で味わえない。天上のミルクに勝る美味なる何かが出ている気がする。

「ああん」

無心に乳首を吸引されたエレナローラは、呆れた表情を作りながらも頬を紅潮させていた。その視線が、不意にジリオンの下半身に留まった。

「ズボンの前の部分がずいぶんと膨らんでいるな」

「っ、それは……」

我に返って恥じ入るジリオンに、エレナローラは蔑みの視線を向ける。

「慌てるな。先日のように握り潰すようなことはせん。アンヘルのやつから聞いた。犬が嬉しいと尻尾を振るように、男は嬉しいとおちんちんを大きくするものだとな」

エレナローラの左手が、ジリオンの股間に伸びてきた。

「な、何をっ」

「わたしのおっぱいを見せてやったんだ。おまえもおちんちんぐらい見せてもいいだろ」

「……はい」

その通りだと思ったジリオンは恥ずかしさを覚えながらも、エレナローラにズボンを脱がされるに任せた。

ブルン！

逸物が元気よく屹立《きつりつ》する。

「ふむ、これがおちんちんというものか。おまえ女みたいな顔して、おちんちんはちゃんとあるんだな」

「それは……ありますよ。男ですから」

男としての矜持《きょうじ》を刺激されて、ジリオンは不満を口にする。

「あはは、そうだな。男だからこそ、おまえはわたしに逆らえないのだったな」

艶《あで》やかに笑ったエレナローラは、改めて逸物をしげしげと見る。

「以前、アンヘルのやつに教育だと称して、卑猥《ひわい》な絵巻物を見せられたことがある。それに比べるとずいぶんとかわいいものだな」

どうやらお姫様も性教育は受けているということだろう。ただし、男の象徴をかわいいと称されて、ジリオンはいささか傷つく。

そんな複雑な男心を知らぬエレナローラの左手が、肉棒を掴んできた。

「ひ、姫様……!?」

もちろん、ジリオンが男性器を、異性に直接触られたのはこれが初めてだ。

動揺する童貞少年の口に、エレナローラは乳房を押し付ける。

「おまえはわたしの犬だからな。これは犬の尻尾。そうだな、前尻尾といったところだ。飼い主としては、尻尾の毛繕いぐらいはしてやろう」

そう嗜虐的に笑いながら、エレナローラは手にした逸物を扱《しご》いてきた。

「どうだ、犬。前尻尾を撫でられるのは気持ちいいか?」

「き、気持ちいい、です。ははぁん」

乳房に吸い付きながらジリオンは、腰を突き出すようにのけ反ってしまった。

その反応にエレナローラは蔑みの笑みを浮かべながらも、瞳を輝かせる。

「くっくっくっ、これはバカ犬だな。尻尾を撫でられただけで、こんな無様《ぶざま》に悶えおって」

「あ、ありがとうございます」

乳首を吸われているエレナローラは、嘲笑しながらも手に取った逸物をシコシコとリズミカルに扱く。

いわゆる授乳手コキと呼ばれる体勢だった。

(これは……夢)

ジリオンにとって雲の上の存在であるお姫様の乳房を吸いながら、逸物を扱いてもらっているのだ。

まるで、夢の中、淫夢の中にいるような気分だ。夢ならば楽しまねば損というものだろう。

ジリオンはただひたすらに乳首を吸っていた。

「あ、こら、強く吸い過ぎだ。わたしのおっぱいをいくら吸ったところで何も出ないぞ」

口では憎まれ口を叩きながらも、乳首を吸われているエレナローラの顔は紅潮していて、気持ちよさそうである。

(ああ、姫様、姫様の温かい手が、亀頭部の鰓《えら》のところを扱いている。そこ、そこはダメ。もう。もう出る、出ちゃう!)

理性が飛んでしまったジリオンは、お姫様の繊手の中で、男根を脈打たせる。

ドビュドビュドビュ……

白い液体が勢いよく噴き出し、エレナローラの左手を汚した。

「っ」

エレナローラは力を失った逸物から手を離す。そして、先ほどまで痛いほどに乳首に吸い付いていたのに、急におとなしくなったジリオンの顔を覗き込む。

「これが射精というやつか？　気持ちよかったのか？」

「それは……はい」

ジリオンの返事に満足したエレナローラは白濁液に穢《けが》れた手をかざし、恐る恐る匂いを嗅ぐ。

「クサッ、なんだこの匂いは」

思春期の少年の濃厚精液だ。そのあまりの臭気に、エレナローラは眉を顰《ひそ》める。

「申し訳ありません」

慌てて謝罪するジリオンに、気を取り直したエレナローラは応じる。

「まぁいい。今後とも忠勤に励むというのなら、この程度のことはしてやる。おまえはわたしの犬だからな」

「はい」

かくしてジリオンは、お姫様に魂を売った。

※

「はぁ～、なんでこんなことに……」

ジリオンは、シャニュイ王国の第一王女エレナローラの部屋にいた。

部屋の主は、ジリオンの用意した男装に着替えて、喜び勇んで夜遊びに行ってしまった。

つまり、姫様が留守の間の影武者を命じられたのだ。

(こんなことをしていていいはずがない。姫様にもしものことがあったら。ああ、でも姫様に逆らえるはずがない。姫様のおっぱい、あの誘惑に勝てる男がいるだろうか。いや、いない。断じていない。まして、おちんちんを同時に扱かれる気持ちよさといったら……天上の美酒よりも蠱惑的《こわくてき》だ)

エレナローラの服を着せられたジリオンが、本日何度目になるかわからぬ自問自答を繰り返し、独り悶々としていると、
コンコン
部屋の扉がノックされた。

ジリオンは慌てて、布団に潜り込む。

「失礼します」

冷静な声とともに、メイドが入室してきた。

年の頃は二十代の後半。黒髪を結い上げて白いヘッドドレスで留めている。紺色のワンピースに、白いエプロン、白いカフス。典型的な王宮メイドだ。

そして、顔には理知的な眼鏡。

おそらく、エレナローラが言っていた、普段、身の回りの世話をしている口うるさい侍女アンヘルというのが彼女だろう。

(布団に入っていればバレないよな)

ドキドキと高鳴る心臓の鼓動が五月蠅《うるさ》く感じた。

メイドが寝台に近づいてくる。そして、傍らで止まった。

「姫様、今夜はずいぶんとお早いお休みですね」

寝ていることにしようかと思ったが、メイドの声が起きていることを前提に話しかけてきている気がする。

「つ、疲れたから」

「ふ～ん」

ジリオンは必死に女の声色を出したつもりだが、やはり違和感があったようだ。

「声が嗄《か》れていますね。ハチミツを温めたものでもお持ちしましょうか」

「い、いいえ、結構です」

「結構です？」

復唱するアンヘルの声には、明らかな不審があった。

(しまった。侍女にデスマス調はおかしかったか？)

アンヘルの悠揚迫らざる雰囲気に呑まれて丁寧語になってしまったが、エレナローラの口調から想像して、おそらくこのアンヘルという女性は極めて親しい存在なのだろう。姉のように信頼している。おそらく、乳母とか乳姉妹のような関係なのではないか。

「まぁ、よろしいでしょう。お休みなさいませ」

そう言ってアンヘルは踵《きびす》を返した。

（ふぅ、一瞬、不審を抱かれたようだけど、気のせいと思ってくれたみたいだ。よかった。なんとかごまかせた～）

そう安堵したのもつかの間だった。いや、あえて安堵させて油断を誘ったのだろう。

ジリオンが気を抜いた次の瞬間、布団を剥《は》がれた。

「うわっ⁉」

慌てて布団を取り戻そうとしたジリオンを、眼鏡越しに冷徹な眼差しが見下ろしている。

「これはこれはジリオン卿。以前、中庭でお話させていただいたことがございますね。覚えておいででしょうか？」

「は、はい」

怯《おび》える女装少年を、アンヘルは意味ありげに頭の先からつま先までジロジロと見る。

「しかし、ずいぶんと珍しいところで、珍しい格好をしておられますね」

「そ、そうですね……」

真綿で首を絞められるというか、俎板に載せられた鯉の心境をジリオンはリアルタイムで体験した。

「ジリオン卿はご存じでしょうか？　ここはシャニュイ王国の国王エリックの第一王女エレナローラの寝室で、そこは寝台であるということを」

「い、いや、その……ごめんなさい」

言い訳のしようのない状況なのだ。いたたまれなくなったジリオンは、寝台から転がり落ちて、彼女の足下に土下座した。

そのさまをアンヘルは冷徹に見下ろす。

「どうやら、ジリオン卿は、姫様とはずいぶんと親しくなさっているようで。先日も、わたしに嘘をついて姫様を逃がしましたね」

「申し訳ありませんでした」

ジリオンは這いつくばって謝罪する。その頭上から冷徹な言葉が浴びせられる。

「殿方がお姫様の部屋に忍び込むなど不敬の極み。十分に死罪ですね」

「ひっ」

自覚があったジリオンは、喉を引きつらせる。

「御家御取り潰しは免れぬでしょう。名将ルグランジュ将軍も、ずいぶんと情けない後継者を選んだものです」

「本当にごめんなさい。どうか、見逃してください」

ジリオンは自分の命など惜しくはない。しかし、敬愛する義母に迷惑をかけることだけは耐えられなかった。

シャニュイ王国の建国の功臣たる大貴族の跡取り息子が、王女付きとはいえただの侍女に這いつくばって泣きながら慈悲を乞う。

「ふぅ」

一つ溜息をついたアンヘルは、寝台の端に腰を下ろした。そして、右足を上にして脚を組む。

「とりあえず、事情を聞かせてもらいましょうか？」

「それは、その……」

床に這いつくばったジリオンは訥々《とつとつ》と事情を説明した。それを聞き終えたアンヘルは呆れ顔で口を開く。

「命乞いをしながらも、姫様を悪く言わないのには見込みがありますね」

「……？」

困惑するジリオンを他所に、アンヘルは首を横に振るう。

「まぁ、悪いのは全部姫様ですしね。情状酌量の余地はありますか」

「それじゃ」

許されたと媚びた笑いをするジリオンを、アンヘルは冷徹に見下ろす。

「そうですね。とりあえず、誠意を見せてもらいましょうか？」

「誠意？」

困惑するジリオンに、メイドは口角をニヤリと吊り上げた。

その嗜虐的な悪い表情。さすがはエレナローラの側近。いや、あのお転婆姫の人格形成に彼女の影響が大ということかもしれない。

戦慄するジリオンに、組んでいた右上の脚を前に出した。

「足をお舐め」

「え？　ええ……⁉」

驚愕《きょうがく》するジリオンに、アンヘルは嗜虐的な笑みを浮かべたまま小首を傾げて、頭髪を払う。

そして、黒革のパンプスを蹴り脱いで、黒いストッキングに包まれた足先を、ジリオンの鼻先に添える。

「ジリオン卿の生殺与奪の権利は、ただいまわたくしが握っているのですよ。言う通りにしておいたほうが身のためではありませんか？」

「わ、わかりました」

貴族の嫡子たるものが、メイドの足を両手で恭《うやうや》しく手に取り、黒いパンストに包まれた足指に口づけする。

その光景を見下ろしながら、アンヘルは高笑いする。

「あは、大貴族のご令息にご奉仕されるのって悪い気分ではありませんね」

「……」

ストッキングに包まれた女の足を舐めながら、ジリオンの頬が屈辱に震える。しかし、背に腹は替えられない。必死に舌を動かす。

そのさまにアンヘルは首を横に振るう。

「まったく、男のくせに主体性がなく、姫様の言いなりだなんて情けない」

「それは……」

自分でもそう思う。

「おちんちんは付いているのですか？」

不意にアンヘルの左足が伸びて、ジリオンの股間を蹴り上げた。

「うが……」

激痛にジリオンは股間を押さえて悶絶する。

アンヘルは寝台から下りて、丸まっているジリオンの前に立つ。

「次は両手を出してください。揃えて」

「はい」

言われた通りにジリオンが両手を差し出すと、その両手首をロープのようなもので縛られた。

そして、次の瞬間、寝台の上に仰向けに倒される。

やはり、お姫様付きの侍女は、体術の心得もあったようだ。

「えっ」

驚いているうちに、ジリオンの縛られた両腕が寝台の上部に固定される。

「な、何をっ⁉」

ロイヤルガードが来るまで、逃げないように縛り付けたということか。慌てるジリオンの顔を跨いで、アンヘルは立った。

そして、怜悧《れいり》な顔の奥で、瞳だけを脂を注《さ》したように爛々《らんらん》と輝かせながら、スカート越しに見下ろしてくる。

黒いパンスト越しに、白いショーツが見えた。視線を逸らすジリオンに、アンヘルは苦笑する。

「どうやら、ジリオン卿は姫様と犯《や》っているわけではないですね」

「そ、そんな恐れ多い」

心底から震え上がるジリオンに、アンヘルは肩を竦める。

「どんなにやんごとなき身分の女性だとしても、思春期になれば、異性に興味を持つのは極めて自然なことです。男がリードしないでどうするんですか？」

「そ、それは……い」

言い訳を最後まで聞くのも面倒だと言わんばかりに、アンヘルはスカートの中に両手を入れると、黒いパンストと白いショーツをスルスルと膝下まで下ろした。そして、中腰になる。

「うぷ」

スカートで顔の周りを覆われて光源がない。そのため何も見えないが、どうやら、アンヘルは用を足すような姿勢となり、股間部分をジリオンの顔面に押し付けたようだ。

いわゆる顔面騎乗である。

悶える少年に、おっかないお姉さまは冷徹に命じた。

「何をしているのですか？　舌を出して舐めてください」

「は、はい」

暗くて何も見えない中、ジリオンは必死に舌を出す。ぬらりとした触感が舌に当たり、そして、酸っぱいようなしょっぱいような味がした。

それを必死に舐める。

クチュクチュクチュ……

「ああ……、そう、舌全体を使って舐め回してください。隅々までですよ。あ、そこの穴を穿《ほじ》るように、奥までズボズボと出し入れしてください……。あと前のほうに突起があるでしょ。そこを舌で弾く、左右に転がすようにしてね。あ、そこはクリトリスといって女の急所ですから歯を立てたら許しませんからね。あくまで舌でねぶり回す。ああ、だいぶよくなってきました。こら、舌の動きが鈍くなっていますよ。わたしの許しが欲しいのなら、もっと力強く舌を動かしなさい」

冷静を装いながらも、高揚感を隠し切れない女の指示に従って、ジリオンは舌が疲れ切るまで縦横に動かす。

「ああ、ああ、そう、そこ、そこ、そこぉぉぉ」

何やら嬌声《きょうせい》を張り上げたアンヘルは、ひとまず満足したらしく腰を上げた。

そして、愛液でドロドロになっているジリオンの顔を見て、笑いかける。

「どうやらジリオン卿はまだ女を知らぬご様子。そんなんだから、姫様に逆らえないんです。とっとと童貞を卒業してください」

「はぁ……い」

舌の疲労のあまり満足に返事ができないジリオンのドレスのスカートをめくる。

「男物の下着とはまだまだ覚悟が足りませんね」

その下着をアンヘルが引きずり下ろすと、逸物は元気に跳《は》ね上がった。

「うふふ、包茎ちんちんとはまたかわいらしい」

男にとって、もっとも屈辱的な瞬間というのは、逸物を見られたところで、女に鼻で笑われることだろう。

自尊心を砕かれた少年の逸物の上に、アンヘルは跨がり腰を下ろしてきた。

何をされようとしているのか悟ったジリオンは慌てる。

「ま、待って、ぼく、キミに対して責任を取れない」

軽く目を見開いたアンヘルは、ぷっと噴いた。

「ぷぷぷ……、本当に真面目なんですね。別に責任を取らせようなんて思っていませんから、安心してください。ただジリオン卿の童貞は犬に食われたとでも思ってください」

そう言ってアンヘルは腰を下ろした。

ズボリ
「ああ……」

狭い穴に肉棒が無理やり押し込められる。その拍子に包皮が剥けた。そこに温かく濡れた柔肉が絡み付いてくる。

それはいままで想像したこともないほどに、凶悪な快感であった。

(な、なに、これ、気持ちよすぎる。ちんぽが、ちんぽが溶ける!?)

エレナローラの授乳手コキも、この世のものとは思えぬほどの快感であったが、それを上回る快感である。

剥け出てしまった亀頭部から溶けてなくなってしまいそうだ。

「あああああっ⁉」

ブシュッ！

身も世もなく身悶えていたジリオンは呆気なく射精してしまった。

ドビュドビュドビュ!!!

「ああ」

顎を上げてのけ反ったアンヘルは、射精が終わると改めて顔を下ろす。

好きとか嫌いとかの以前に、ほとんど顔を合わせたこともなく、会話もしたことのない女性に有無を言わせずに挿入された。

これは逆レイプといわないだろうか。

呆然としているジリオンの顔を見ながら、アンヘルはペロリと薄い口唇《こうしん》を舐め回した。

「あらあら、将来を嘱望されているジリオン卿ともあろうお方が、初体験のときは三擦り半どころか、入れただけで暴発ですか？」

「……」

屈辱に顔を背けるジリオンに、アンヘルは笑いかける。

「ですが、まったく小さくなる気配はない。うふふ、これが初物食いですか？　いや～、たまりませんね」

ニヤニヤと満足そうな笑みを浮かべながらアンヘルは、腰を前後に動かしだした。

「ああ、やめて……」

射精した直後の逸物には、あまり触られたくないものである。それを容赦なく扱かれたのだ。それはある意味で拷問に等しい。

快感による甘美な拷問だ。

美しく知的なメイドの腰使いは凶悪だった。

ロープで縛られて逃げられない女装少年は、本人の意思と関係なく射精を繰り返す。しかし、やり手のメイドさんはまったく荒腰を緩めなかった。

「も、もう許して、こ、これ以上は、許して、許してください」

半泣きになってしまっているジリオンに向かって、アンヘルは嗜虐的に笑う。

「姫様のナイトなら、女のあしらい方ぐらい覚えてくださいね。これは姫様のための修行ですよ」

精液の溢《あふ》れかえった蜜壺で扱かれて、抜かずの三発どころか、十発以上射精させられたのではないだろうか。

本人では数えられないほど射精させられた。

「ああ、もうやめて。おちんちんが、おちんちんが、溶けるぅぅ、もう感覚がないんだ。これ以上されたら、ひぃ」

「あはは、まだまだいけますよ。さぁ、もっともっとビュービュー出してください」

「ひぃぃぃぃぃぃ」

徹底的に搾り取られたジリオンは乙女のように叫び、慈悲を乞うて泣いてしまった。

こうして、少年のプライドを徹底的に破壊した綺麗なお姉さんは、満足したらしく寝台から下りるとティッシュで股間を拭い、メイド服を着直して身支度する。

「ふぅ、久しぶりに堪能させてもらいました。姫様付きなんてやっていると、男と遊ぶこともできませんからね」

「……」

女装したジリオンはいまだ寝台の上で仰向けになって惚《ほう》けていた。スカートはめくれ、むき出しの両足は蟹股となり、逸物は完全に力を失い、蛇の抜け殻のような状態である。

好きでもなんでもない女性に、一方的に性を陵辱されたのだ。屈辱感に涙が溢れ、頬を濡らした。

その耳元に唇を寄せたアンヘルは、ロープを解きながら囁く。

「どうです。女なんて知ってしまえば、どうということはないでしょう。今後は姫様に振り回されないようにお願いします。まだもし姫様に逆らえないというのでしたら、及ばずながら、わたくしが徹底的に教育して差し上げますよ」

「は、はい、が、がんばります……」

戦闘力0となった逸物を、温かい濡れナプキンで包まれ、丁寧に拭われたジリオンは、今後何があっても、このお姉さんには逆らえないと魂に刻まれたように感じた。

第三章　姫君たちのお茶会

「姫様、もうこういうことはやめにしませんか？」

王宮にある隠し部屋にて、ジリオンは必死に訴える。

エレナローラは、ドレスを脱ぎ、男装に着替えている真っ最中だ。

赤いレースの付いたブラジャーとショーツ、それに赤いストッキングとガーターベルトという装いになっている。

せっかくセクシーな装いのはずなのに、恥じらいがないせいでまったく色気を感じられない。

「またその話か。ったく、うじうじとどこまで優柔不断なやつなんだ。顔が女っぽいだけではなく、性根まで女々しいやつだな」

溜息まじりに応じたエレナローラは、下着姿のまま、腰に手を当てて仁王立ちする。

本人にはまったく自覚はないようだが、うっすらと小麦色に日焼けした肌。すっきりとした腹部に、健康的な臍《へそ》。細く長い手足。

そのスレンダーな体型は、まるで人形のようであり、完璧な美であった。ジリオンは慌てて視線を逸らす。

しかし、エレナローラにとって、ジリオンの視線など、犬の視線ほどにしか考えていならしい。

「貴様はわたしに忠誠を誓ったのだろう。それともおまえの誓いとはそんなに軽いものなのか？」

「いや、そのもちろん、嘘偽りはありません。姫様のためならば、この命、捧げる覚悟はできております。しかし、なればこそ、姫様が一人で出歩くなど……」

必死に訴えるジリオンの言葉に嘘はない。ただし、真実をすべて語っているかといえば嘘になる。

エレナローラが男装して遊びに行く間、その部屋で留守番するとなれば、当然、あのアンヘルが待っていることだろう。そして、また、あの恐ろしい性的虐待を受けるのかと思うと身の毛がよだつ。

（ああ、でも、アンヘルさん、怖いけど、美人なんだよなぁ。オ○ンコも最高に気持ちよかったよなぁ。また入れてもらいたい。そして、軽蔑の視線で見つめられながら、おちんちんが再起不能になるまで搾り取られる。……いやダメだ。あんな、一方的に弄《もてあそ》ばれるのは男としてあまりにも情けない）

またアンヘルに気持ちよくしてもらいたいという欲望と、あんな体験を繰り返したら男として ダメになってしまうという、相反する男心で、ジリオンは煩悶する。

しかし、その悩みを、まさかエレナローラに告げるわけにはいかない。言葉を濁すジリオンに向かって、エレナローラの右ストレートがきた。

「ひっ！」

ドン！

ジリオンの左頬の横を通って後ろの壁を叩いた。

俗にいう壁ドンだ。一般的には男が女にやる行為として知られている。

驚いて右に逃げようとすると、そこにエレナローラの左手がきた。

ドン！

「……」

エレナローラの両腕で挟まれて、行き場を失ったジリオンは前方を見るしかなくなる。

ちょうどブラジャーに包まれた胸の谷間が目に入り、怯えたジリオンが視線を上げると、赤い瞳で至近距離から睨まれた。

「わたしのおっぱいだけでは不満だというのか？」

「と、とんでもない」

セクシーなブラジャーに包まれた双乳を、まるで凶器のように鼻先に突きつけられたジリオンは、必死に首を横に振るう。

そんなさまをエレナローラはジト目で見下ろしている。

（ああ、エレナローラさまのおっぱい）

下着姿の美人に逃げ場を塞がれて、ジリオンは視線のやり場に困る。

自然とレースの付いたセクシーなランジェリーに視線を引き寄せられた。おそらくアンヘルが選んでいるのだろう。エレナローラはあまり下着に拘《こだわ》るタイプには見えない。

（エレナローラ姫って、細身なのにおっぱいは大きいんだよな。前方にぐっと飛び出していて、まるでナイフみたいだ。ああ、また吸わせていただきたい）

ブラジャーに包まれた乳房を見つめて、ジリオンは生唾を飲んだ。

しかし、またおっぱいを吸わせてくれ、とお願いするのは図々しい気がして我慢する。

そんなジリオンの顔をしばし見ていたエレナローラが、ふっと破顔した。

「またおっぱいを吸いたいからダダをこねているのか？」

「そ、そんなことは……」

慌てて首を全力で左右に振り否定するジリオンに、エレナローラは頷く。

「それはよかった。わたしとしても、おまえにおっぱいを吸わせるのは気が進まん。先日、おまえに吸わせたら、しばらく乳首が腫れて大変だった」

「そ、それは申し訳ございません」

加減がわからず欲望のままに強く吸ったことを思い出して、ジリオンは恥じた。

「まぁ、いい。だから、今日はこれで我慢しろ」

そう言ってエレナローラの顔が近づいてきた。

（えっ⁉）

驚いている間に、健康的に日焼けした顔がどんどんアップになる。

月光のような頭髪に、秀でた額、大きな目に、よく通った鼻。そして、きゅっと引き締まった赤い唇。

それがジリオンの唇を捕らえた。

（こ、これは……⁉）

唇を合わせながらジリオンは目を見開いて硬直した。その眼前でエレナローラは目を閉じる。

男と女のがぴったりと合わさっていた。

（キス……だよな、これ？）

瑞々しい異性の唇の感触にジリオンが酔いしれていると、エレナローラの二つの細く長い腕が、ジリオンの頭を抱えてきた。

「ん、うむ、うむ……」

エレナローラは首を左右に振り、唇を擦り合わせる。さらに薄い唇を開くと濡れた舌を出し、ジリオンの唇を舐めた。

その上、ジリオンの唇の狭間に舌先を入れてきたので、ジリオンは自然と唇を開く。

濡れた女の舌が、男の前歯を舐める。そして、さらに割って入ってきた。

反射的にジリオンの舌が出迎える。

気位の高いお姫様の逞《たくま》しい舌が、軟弱な男の舌を舐め取った。

ムチュムチュムチュ……

（ああ、これがエレナローラさまの舌）

エレナローラは匂い玉でも含んでいたのだろうか。その舌が、唾液が、喩えようもなく甘く感じる。

若い男女は、しばし舌を絡め合う行為に夢中になった。

「ふぅ」

やがて満足したらしいエレナローラが、銀髪を盛大に振り上げながら豪快に唇を外した。

そして、右手の甲で口元を拭う。

「これが接吻か。なるほど、みんなキスをしたがるわけだ」

どうやら、好奇心から接吻をしてみたかっただけのようである。

エレナローラの感情が、なんとなく読めるようになってきたジリオンは、恐る恐る質問する。

「姫様は接吻は初めてで……」

「いや、昔、父親に思いっきりされたことがある。あのときは本当に不快だった」

「はぁ……」

父親が愛娘の唇を奪うことは、どこの家庭でもあることではないだろうか。

(う〜む、しかし、これはぼくがエレナローラさまのファーストキスの相手だと喜んでいいのだろうか？)

女性の接吻の順番に、父親はカウントされるものなのか、ノーカウントなのか、とジリオンは悩んだ。

その間に、エレナローラのほうは、女物の下着の上に男装を着る。

「まぁいい、これで満足だろ。行くぞ？」

「はぁ？」

戸惑うジリオンに、エレナローラは命じる。

「わたしを一人で行かせることが心配なのだろ。ならばおまえも一緒に来ればいいではないか？」

「はい」

お姫様の接吻で篭絡された女装男子は、しぶしぶ庭園に出た。

※

「う〜ん、よい陽気だな」

王宮の庭園を、男装の麗人と男の娘が連れ立って歩く。

木漏れ日の中で、エレナローラは両手を広げて大きく伸びをした。

「そうですね」

堂々としているエレナローラとは違って、ジリオンは生きた心地がしない。

(しかし、エレナローラさまは男装がよく似合っているなぁ。というか、現実にこんな美男子はいないって。これじゃ童話に出てくる王子様だ)

時折、庭師や宮仕えの者たちとすれ違うが、エレナローラは悪びれずに自分のほうから挨拶をする。

「ご苦労様」

「お疲れ様です」

どうも使用人の皆さんは、エレナローラを気さくな貴族と見ているようである。

(あぁ、この図太さ、見習いたい)

ジリオンは顔を見られないようにするのが精一杯だ。

そんなときである。唐突な黄色い歓声が上がった。

「あなたさまは⁉」

視線を向けると、緑色のドレスを着た少女が驚愕の表情で佇んでいる。

(げぇ、ユリアンヌっ⁉)

一番、出会ってはいけない人と出会ってしまった。ジリオンは回れ右をして駆けだしたくなったが、エレナローラは動じることなく応じる。

「キミは？」

知っているくせに、さも初対面のように振舞うエレナローラに、ユリアンヌは丁寧にお辞儀をする。

「先日はありがとうございました。あのときは満足なお礼を言わせていただけませんでした。ですが、ここで会ったのも縁というものでございましょう。ぜひご芳名を教えていただけませんか？」

「はは、当たり前のことをしたまでのこと。お礼をされるなど心苦しい。名乗るほどのものではないよ。では、あなたの身に幸運があらんことを」

本当の男がやったらキザすぎて聞いていられないような台詞《せりふ》を、まったく恥じ入ることなく言ってのけたエレナローラは高笑いしながら立ち去ろうとする。

「あ、お待ちになって」

止めるユリアンヌを振り切ろうと、ジリオンとエレナローラは駆けようとしたが、ちょうどそのとき、前方から誰かが現れた。

「おっと失礼」

エレナローラは軽快に躱《かわ》したのだが、驚いた相手は尻モチをついてしまう。

それはシャニュイ王国の数ある貴族の中でも、特別扱いの家の当主であった。

（ヤバ、ガーフィキー卿）

宿敵と顔を合わせてしまったジリオンは身を硬くする。

もし女装していることがバレたら、嬉々として言いふらされるだろう。

しかし、ガーフィキーはジリオンなど見ていなかった。

「無礼者。わたしをガーフィキーと知っての狼藉か」

「そう怒るな。謝っているではないか」

エレナローラは、上から目線で応じる。

その態度にガーフィキーはカチンときたようだ。そして、追いかけてきたユリアンヌの顔を見て事態を悟ったようだ。

「何者だ。この宮廷に出入りするもので、貴様のような軽薄な顔は見たことがないぞ」

ガーフィキーは腰からレイピアを抜いた。

「お待ちになって、ガーフィキーさま、そのお方はわたくしの命の恩人で」

「ユリアンヌ嬢ご用心召されよ。このもの得体が知れませぬ。名もなき下賤のものを倒していい気になっているようだが、いま化けの皮を剥がしてくれる」

どうもガーフィキーは、ユリアンヌに気があるようだ。

それゆえに、彼女の憧れる男が面白くないのだろう。

しかし、エレナローラは相手の気持ちを忖度するでもなく嬉々として応じた。

「ふっ、刃物を抜いたということは、これは決闘だな」

「いや、ちょっと」

ジリオンが止める間もなく、エレナローラが右腕を頭上に高々と掲げると、何もない空間から巨大な戦鎌が現れる。

「なにっ⁉」

見るからに禍々《まがまが》しい武器を目の当たりにして、ガーフィキーは明らかに意表を突かれている。

「おい、ちょっと待て」

「遅い。刃を抜いたら、血塗られぬことなく鞘に収めるなど、男の恥というものだろう」

嬉しそうに口上を叫んだエレナローラが戦鎌を一閃させると、ガーフィキーの持つレイピアはあっさりと両断された。

「よ、よせっ」

「名門貴族の当主が命乞いとは情けない」

青い顔をして棒立ちになる男の首を刈らんと、戦鎌は薙ぎ払われる。

ガツン！

戦鎌は、ガーフィキーの喉元の寸前で止まった。

ジリオンが割って入って、鞘に入ったままの短刀で受けたのだ。

「……それぐらいに」

「別に本当に殺《や》るつもりはなかったさ」

クルリと戦鎌を振り回したエレナローラは、肩に担いで悪びれずに応じる。

「お戯れが過ぎます」

一言、ジリオンが諫《いさ》めたときだ。辺りをつんざく黄色い悲鳴が上がった。

「キャーッ、狼藉者よ。狼藉者がお兄様を暗殺しようとしたわ」

それは青紫の長い波打つ髪をした艶やかな美女であった。

その声に従って、近くにいただろう衛兵や官吏や貴族たちがワイワイと集まってくる。

「曲者よ。捕らえなさい」

麗しい姫君の指示に従って、皆一斉に武器を構える。

（しまった）

十重《とえ》二十重《はたえ》と囲んだ人々を前に、ジリオンはほぞを噬《か》んだ。

拘束されれば当然、身元を確かめられる。

そうなれば、ジリオンとエレナローラの正体は否応なく露見する。

女装していたなどということが発覚したら、宮廷中の笑いものだ。国王には見限られるだろう。義母の信頼も地に落ちる。

「仕方ない。強行突破するぞ」

「いっ」

エレナローラは、野次馬を力ずくで切り開く気のようだ。

そんなことをしたら事が却って大きくなる。死人でも出したら、笑い話では済まないことになるだろう。

絶体絶命の中、凛とした声が割って入った。

「失礼、道を空けてください。やはりこちらでした」

有無を言わせぬ迫力で人垣を押しのけて現れたのは、黒髪を結い上げて眼鏡をかけた冷徹な侍女であった。

（えっ、どうしてここにアンヘルさんが）

驚くジリオンを他所に、見るからにやり手のお姉さんは辺りを見渡す。

「アンヘル……」

エレナローラの顔が引きつる。

（どうやら、わがままいっぱいの姫様も、アンヘルさんは苦手みたいだな）

蛇に睨まれた蛙状態になっているエレナローラを他所に、アンヘルは目を伏せて、静かに応じる。

「皆さまお騒がせして申し訳ありません。そちらの方々は、エレナローラ姫のご友人です」

「……姫様のご友人？」

「はい。ご友人です」

アンヘルの悠揚迫らざる態度に、さすがのアーラバロネも威圧される。

正体不明の人物が、実は姫様の友人だと保証されたことで、皆の警戒感が一気に緩む。

「皆さま方、ご迷惑をおかけしたお詫《わ》びに、午後のお茶会に姫様が招待してくださるようです。時間のある方はこぞって参加してください」

「おお、姫様のお茶会ですか。ぜひ」

皆嬉しそうに出席を表明する。

その間に、ジリオンは呆然と立ち尽くしているガーフィキーを気遣う。

「お怪我はありませんか」

「キミは……!?」

ガーフィキーは目を見開いて、ジリオンの顔をまじまじと見る。

(しまった!?　バレた)

自らの軽率さに身を硬くするジリオンに、ガーフィキーは呟いた。

「可憐だ」

「はぁ？」

戸惑うジリオンに、ガーフィキーはキザったらしく一礼する。

「先ほどは失礼。姫様のご友人になんという無礼を。あの姫様にこのようなお美しいご友人がいるとはついぞ存じ上げませんでした。ガーフィキーと申します。ああ、その天使と見まごう姿からは想像もできぬ剣捌《けんさば》き、その心映え、戦乙女もかくやと感服いたしました。ぜひお名前をお教えいただけますか？　麗しいお嬢さん」

（え？　まさか俺、口説かれている？）

普段、自分を目の敵《かたき》にしている男が、勘違いして自分を口説きにかかっている。男に言い寄られるという身の毛がよだつ状況に震えるジリオンを、アンヘルが助けてくれた。

「失礼。姫様がお待ちなので」

「ああ、そうだね。またお会いしましょう。美しいお嬢さん」

我に返ったガーフィキーは、颯爽と立ち去った。

「まったく、あなた方は何をやっているんですか？」

誰もいなくなったところで、アンヘルがジロリと男装の麗人を睨む。

「いや、つい……」

さすがのエレナローラもばつが悪そうに、頬を掻く。

「このようなことをしているなどと知ったら、陛下がなんとお嘆きになるか」

「いや、それよりも、この後はアフタヌーンティーなのだろ。準備をしなくていいのか」

エレナローラは必死に話を逸らす。それと承知しながらアンヘルは溜息をつく。

「はぁ〜。そうですね。あの場はああでも言わないと皆気が治まらなかったでしょう。それであなたたちはなんと名乗っているのですか？」

「ん？　名前？」

「当然、偽名を名乗っているのでしょ？　ってそんなことも考えずに、そんな遊びをしていたのですか、あなた方は……」

こうして、ジリオンはジークルーネ。エレナローラは、エルフィスという偽名を名乗ることとした。

アンヘルのアイディアで、頭文字が同じであったほうが、とっさに反応しやすいだろうということである。

（アンヘルさんってほんとできる人だよな）

午後はエレナローラ主催のお茶会ということで、ひとまず姫様の部屋に戻ることになった。

女装してお茶会に出席するなど、苦痛以外の何物でもないが、もはや姿を見られてしまっているのだ。参加しないわけにはいかないだろう。

庭園を歩くアンヘルの後ろ姿を見ながら、ジリオンは感嘆する。

（どんなときも冷静沈着。しかし、先日、この人とエッチしたんだよなぁ）

いまのいかにもやり手の侍女といった顔をした振舞いからは信じられないが、逆レイプされたのだ。

それも、逸物が完全に涸れきるまで、何度も何度も、搾り取ってくれた。

（お、恐ろしい）

絶対に逆らえないように、トラウマを植え付けられたかのようだ。

（でも、オ〇ンコは気持ちよかったよな）

女装しているところを縛り上げられて、一方的に搾り取られたのだ。

最低最悪な初体験だったと思う。しかし、肉棒に絡み付く、濡れた襞の感覚。思い出すと身が蕩けるようだ。

（女の人のオ〇ンコって、みんなああいうものなのだろうか？　アンヘルさんが特別？　姫様もオ〇ンコはあるはずだよな。……姫様のオ〇ンコか）

傍らを叱られた犬のようにしょぼしょぼと歩く男装の麗人を見て、ジリオンは思案する。

アンヘルに犯されて、無理やりセックスの気持ちよさを教えられてしまった。

童貞のとき、膣洞に逸物を入れれば気持ちいいのだろうな、と漠然と想像していたが、所詮は空想である。具体的なことはまるでわからなかった。

しかし、一度経験してしまったことで、逸物に絡み付く感覚が生々しく想像できてしまう。

（姫様はスレンダーだけど、身体を鍛えているみたいだからな。たぶん、アンヘルさんよりも狭いだろう。それにアンヘルさんより締まるはずだ。……アンヘルさんのオ〇ンコよりも締まるオ〇ンコ!?)

それはもはや凶器ではないだろうか。入れたら最後、男は死ぬまで射精させられるに違いない。

そんな男殺しを想像して身震いをしていたら、エレナローラから耳打ちされる。

「おまえは、また、おちんちんが大きくなっているぞ。そのままではバレる。小さくしろ」

「いや、おちんちんは意のままにならないんですよ」

慌てるジリオンに、エレナローラは呆れ顔をする。

「まったく厄介な代物だな。男の身体とは……仕方のない。そこに座れ」

エレナローラの生活する離宮の庭園の一角に、東屋があった。

蔓草の絡んだ屋根の下、木製のテーブルと椅子が置かれている。

座れば勃起が目立たなくなるということだろう。ジリオンは素直に椅子に腰を下ろした。

「よし」

エレナローラは、テーブルの下に潜り込むと、ジリオンのロングスカートをめくって中に入ってくる。

「姫様、何を!?」

「あの白くて臭い液を出せばおちんちんは小さくなるのだろ。お茶会が始まるまでにわたしが出してやる」

そう言ってスカートの中に潜り込んだエレナローラは、ジリオンの下着を下ろした。

そして、暗闇の中で逸物を、両手でしっかりと握る。

「まったく、女みたいな顔をして、女の腐ったやつみたいな性格をしているくせに、おちんちんだけは大きいやつだからな」

「すいません」

先日の授乳手コキに続いて、再びエレナローラに逸物を握られる喜びに、ジリオンは陶然となる。

エレナローラはそのまま手コキをしてくれるのだろうと、ジリオンは思っていた。

しかし、逸物にきた刺激は、違った。

ペロリ
肉棒の裏筋を温かく濡れた触感が襲う。

(舐めた)

前回のエレナローラは、手にした逸物を興味深そうに弄《いじ》っていたが、舐めてきたのはこれが初めてである。

濡れた舌先が肉袋を舐めて、二つの玉を舌先で弄ぶ。

(あ、もしかして姫様、いつもおちんちんを手で弄びながら、舐めてみたいと思っていた

のだろうか)

なにせ好奇心の塊のような姫様である。

(あ、金玉を姫様の口の中に吸われた。ああ、姫様に食いちぎられそう)

男にとって最大の急所に、軽く前歯を立てられるのは恐怖だが、それ以上の多幸感がジリオンを襲う。

エレナローラは、好奇心の赴くままにフェラチオをしている。決して上手とはいえないだろう。

しかし、それでもアンヘルに犯られたときよりも気持ちよかった。それは精神的なものだろう。

「ああ……」

感嘆の溜息をついたジリオンは、テーブルに両肘をついて、一面の美しい庭園を眺める。

その下半身で美しい王女様にフェラチオされているのだ。これが至福のときでなくてなんだというのだ。

少し前のジリオンであったならば、あっという間に射精してしまったことだろう。しかし、もはや童貞ではないこともあって、多少の余裕を持つことができた。

(エレナローラさまのフェラ顔を拝見できないのが残念だな。どんな表情でぼくのおちんちんを咥《くわ》えてくれているんだろう)

あのクールな美貌が、男根を咥えている表情を想像するのは困難だ。

（ああ、でも姫様にフェラチオしてもらえるだなんて幸せすぎる）

お茶会までに逸物を小さくさせるために、エレナローラが必死にフェラチオしてくれていることはわかるのだが、ジリオンとしてはその幸福をもっと長く味わいたくて、思わず射精欲求を必死に我慢してしまった。

そうこうしているうちに時間の感覚がなくなってしまったようだ。

「あら、まだ早かったようね」

「えっ」

傍らにユリアンヌがやってきた。

「ごきげんよう。ジークルーネさんね」

「ごきげんよう」

冷や汗を流しながら挨拶するジリオンに、ユリアンヌは小首を傾げる。

「お邪魔してよろしいかしら？」

「どうぞ」

断る理由が思いつかないジリオンは頷く。その向かいの席にユリアンヌは座った。

お茶会の開始時間には早いが、気を利かせたアンヘルが紅茶を持ってくる。

当然、二人ともテーブルの下にエレナローラが隠れていることは知らないだろう。

黙って待っているのも芸がないと感じたのだろう。ユリアンヌが話しかけてきた。

「エルフィスさまって素敵な方ね」

「左様でございますね」

相槌を打つジリオンに向かって、ユリアンヌは恩人たるエルフィスがいかに素晴らしい殿方かを夢見るように語る。

(そのあなたの理想の殿方は、いま、ぼくのスカートの中でおちんちんしゃぶっています)

その言葉をジリオンは呑み込む。

一通りエルフィスこと、エレナローラに対する愛を語ったユリアンヌは笑う。

「あらヤダ。わたしったら初対面の方に一方的に話して」

「いえ、楽しかったですよ」

ユリアンヌは小首を傾げた。

「不思議ね。あなたとは初めて会った気がしないわ」

「そ、そうですね」

実際、初めてではない。ジリオンは必死に平静を保つ。

話題の主であるエレナローラには聞こえているのかいないのか、スカートの中に隠れているエレナローラはただひたすらにジリオンの逸物をしゃぶっている。

(あ、姫様、そんな喉奥深くまで呑み込まなくても)

男根が根元まで完全に、温かく濡れた口内に収まった。

そして、亀頭部を呑み込もうとするかのように、喉で吸引している。

（ああ、姫様の喉にまでおちんちんが入っている。姫様のお口の中、気持ちいい）

射精欲求と必死に闘っているジリオンに、ユリアンヌは不安顔で質問してきた。

「立ち入ったことを聞きますすけど、その……あなたは、エルフィスさまの恋人なの？」

「いえ、ただの付き人です」

「そう、よかった」

ユリアンヌは安堵の溜息をつく。

「でも、お付きの方ならば、あなた、エルフィスさまのおちんちんは見たことあるでしょ？」

「え、いや……」

まさか、あの清純そうなユリアンヌが隠語を口にするとは思わず、ジリオンは動揺してしまう。

「隠さなくてもいいわ。あぁいう方に限って、大きいのよね、きっと」

「え……」

明るく元気な無邪気な少女の口から出たとは思えぬ言葉に、ジリオンは絶句する。

ユリアンヌは笑いながら、ジリオンの手を握った。

「もう、女同士なんだから、ざっくばらんにいきましょうよ」

「はぁ……」

なんとか気を取り直すジリオンを他所に、ユリアンヌは夢見るように続ける。

「わたしね。エルフィスさまに処女をあげようと思っているの」

「ぶっ!?」

ジリオンは紅茶を噴いた。

「ちょ、ちょっと、ユリアンヌさま、やんごとなき姫君であるあなたさまが軽々しくそのようなことを申されては……」

「あら、女なら誰でも考えることでしょ。好きな殿方の大きなおちんちんに貫かれたい。そして、ビュービューと中出しされるの。キャッ♪」

健康的な両頰を両手で挟んだユリアンヌは、大きな乳房を揺らしながら上半身をクネクネとさせる。

「はは……」

乾いた笑みを浮かべているジリオンにお構いなく、恋する乙女は夢を語る。

「ああいう殿方って、絶対にエッチだと思うわ。まるで狼みたいに一日中、食べられちゃうの。巨木みたいなおちんちんをぶち込まれて、ああ、オ◯ンコ裂けちゃうとか思って泣いているのに、一晩中、休みなくいろんな体位でズッコンバッコン犯されて、もうこのおちんちんなしじゃ生きていけないって気分にされちゃうよね。あん、想像しただけで濡れてきちゃった」

身震いしたユリアンヌは両手で、スカートの上から股間を押さえる。

「ぬ、濡れる……」

ジリオンは頬を引きつらせる。

（女の子たちって、男がいない席ではこんな会話してるの？）

知りたくなかった。

思春期の男の子としては、女の子は純真だと信じたかったのだ。

それは確かに、エレナローラ、アンヘルといった女たちを見ていると、そうとは信じられなくなるが、彼女たちは例外だろう。少なくともユリアンヌは穢れを知らぬお嬢様だとジリオンは無意識に思い込んでいたのだ。

そんな女に対する幻想がガラガラと音を立てて崩れていく。

（ユリアンヌの濡れたオ〇ンコか。おちんちんに貫かれたがっている濡れたオ〇ンコ）

穢れを知らぬ顔とのギャップに、ジリオンの脳裏は溶けた。

そして、ジリオンの女に対する幻想をもっとも破壊した女にしゃぶられている逸物が爆《は》ぜた。

（あ、もうダメ）

ドビュッ！　ドビュッ！　ドビュッ！

幼馴染のスケベな妄想を語る顔を見つつ、忠誠を誓った主人の口内に熱い欲望を注ぎ込む。

すでに男の生態を承知しているエレナローラは、上手く受け止めたようだ。そして、ゴクリゴクリゴクリ……

ジリオンには見えないが、どうやらスカートの中のお姫様は精液を嚥下《えんげ》しているようである。

そして、テーブルの下から出てきた。

「まぁ、エルフィスさま、いつからそちらに⁉」

ユリアンヌは、まさか意中の男性がテーブルの下から出てきたとは思わず、忽然《こつぜん》と現れたことに驚く。

「これはユリアンヌ嬢。また会えて光栄です」

羽帽子を胸に抱いて、エレナローラはキザったらしく一礼する。

その顔を見てユリアンヌが驚く。

「あら、エルフィスさま、口元に何か白いものが」

「これは失礼。いまちょっと濃すぎる牛乳をいただきまして」

「うふふ、意外と抜けているところもおありなのですね。安心しましたわ」

楽しそうに笑ったユリアンヌは、真新しいハンカチを取り出すと、エレナローラの口元を拭ってやった。

（その白いのって……ぼくのザーメン）

必死に乙女アピールをしているユリアンヌを前に、ジリオンはいたたまれない気分を味わった。

※

エレナローラ主催のお茶会が始まり、エレナローラとジリオンは、エルフィスとジークルーネという名で、参加者に紹介された。

姫様の主催とはいえ、急遽、開かれたお茶会である。堅苦しいことはなく、皆ざっくばらんだ。

ジリオンは精一杯猫をかぶって、女の子らしく振舞う。

さまざまな方に、「はじめまして」と挨拶する。もちろん、ジリオンとしては知っている顔ばかりだ。そこにドSっぽい顔をしたお姉さんが立ち塞がった。

「ふ〜ん、どこのお上りさんかと思ったけど、ランチェロ王国の貴族の出自なのね？」

「ええ」

アンヘルが考えてくれた肩書通りに振舞う。

ちなみにランチェロ王国というのは、はるか西にある国である。もちろん、ジリオンは行ったことはない。シャニュイ王国の人々もほとんど行ったことはないが、同じく南国で密林の多い国という風聞は知られており、なんとなく親しみを持たれていた。

「遠い異国からやってきて、さぞ心細いでしょ。お友達になりましょ」

「お気遣いありがとうございます」

「そうね。わたくしの屋敷にいらっしゃい。いろいろと教えてあげるわ」

お茶会がお開きとなったところで、アーラバロネに誘われた。

シャニュイ王国の最有力貴族のご令嬢の厚意を無下にするわけにはいかないだろう。屋敷も近いということで、お邪魔することにした。

私室に案内される。センスのいい室内に備え付けられていたお洒落な座席に向かい合わせに座った。

「あの牝猿の相手は疲れるのではなくて」

「牝猿……？」

戸惑うジリオンに、アーラバロネは笑う。

「エレナローラよ。一見、深窓の令嬢然としているけど、その実態は猿同然のお転婆娘だったでしょ？」

同じ王国の姫ということで、どうやら、アーラバロネは、エレナローラの正体を知っていたようである。

確かにとんでもないお転婆だ。ジリオンもそう思っていた。しかし、忠誠を誓った主君の悪口を他人に言われると気持ちいいものではない。

むっとするジリオンに、華やかな扇子を広げたアーラバロネは艶やかに笑う。

「そんな顔しなくてよろしくってよ」

「はぁ」

「こうしてあげるから、機嫌を直して」

椅子から立ち上がったアーラバロネは、椅子に座っているジリオンの背後に回り込むと抱き着いてきた。

大きく柔らかな双乳が、背中に押し付けられる。

(で、でかい)

硬直していると、背後からアーラバロネの顔が伸びて、その赤い唇がジリオンの唇を捕らえた。

「何を」

「うふふ、赤くなった。やっぱりね」

しまった。もしかして、男だと疑われていた。青くなるジリオンに、アーラバロネは肩を竦める。

「あなたを見ていて気が付いたの。あなたは女ばかり見ている」

「え」

自覚はなかったが、そうなのだろうか。

「そ、それはアーラバロネさまのような素敵なレディにはつい目が行ってしまいます。不躾な視線を向けて申し訳ありません」

「うふふ、ありがとう。でも、あなた、男より女が好きでしょ」

「それは……」

その通りである。中身は男なのだから当然だろう。しかし、とっさに肯定していいか悪いのかわからず、ジリオンは返事を決められなかった。

「わかるわ。わたくしもそうなの。男なんて汚らわしい。女同士の愛こそ至上の愛」

「はぁ」

唐突にレズビアン宣言をされて、ジリオンはどう反応していいかわからない。

(以前からユリアンヌには妙に優しくて、ぼくに当たりが厳しいと思ったら、こういう趣味だったのね)

アーラバロネの繊手が、ジリオンの胸元に触れてくる。

「やめてください」

「恥ずかしがることはないわ。女同士なんですもの」

ブルーサファイアのような瞳が爛々と輝いている。

それは仔鹿に牙をかけようとしているライオンの眼差しだ。

（ヤバイ。このまま服を脱がされたら男だとバレる。どうする？　どうしたらいい）

振り払って逃げようと思ったが、綺麗なお姉さんに抱きしめられていると、身体が上手く動かない。

躊躇っているうちに、アーラバロネの手がスカートの裾をたくし上げてくる。

（それはダメだ）

スカートの中に手を入れられたら、正体がバレてしまう。

とっさにアーラバロネの繊手を押さえた。

「恥ずかしいの？」

仔猫だと思っていた少女の意外な力に驚いて、アーラバロネは顔をしかめる。

「は、はい。できましたら、先にお手本を見せていただけないでしょうか？　アーラバロネさまにご奉仕したいです。アーラバロネさまのオ◯ンコを舐めたいです」

「あはは。困った仔猫ちゃんね」

その訴えに満足したらしいアーラバロネは、嬉しそうに高笑いすると、ジリオンの身体から離れて、ストリップをするようにドレスを脱ぎ始める。

中からパープルのセクシーランジェリーがあらわとなった。

ボンキュッボンという擬音が聞こえてきそうなほどに、女らしい凹凸に恵まれた肢体だ。

「うふふ」

仔猫ちゃんの視線を楽しみつつ、アーラバロネはブラジャーを外すと豪快に投げ捨てた。

白く大きな重量感のある乳房が二つ、あらわとなる。

さらに腰をくねらせつつショーツも脱いだ。陰阜には青紫の陰毛が萌えている。

ただ、太腿までのストッキングと、それを吊るすガーターベルトだけを残したアーラバロネは、ソファに腰を下ろした。

「ここって女同士でもあんまり見たことはないでしょ。気になるでしょうから見せてあげるわ」

お姉さまぶったアーラバロネは、左右のひじ掛けに両足をかけて、豪快に開脚する。

そして、自ら両の指先を亀裂の左右に添えると、くぱぁっと開いてみせた。

(うわ、オ○ンコだ)

よく考えたらジリオンが女性器を見たのはこれが初めてだ。

先日、アンヘルに顔面騎乗をされたが、スカートを穿いていたのでよく見えなかった。

(お尻の穴まで丸見え)

アーラバロネのような絶世の美女にもアナルはあるのだ、と思うと不思議な気分になる。

「うふふ、そんなに真剣に見ちゃって。もしかして、自分のオ○ンコが変な形かもって不安だったのかしら？　大丈夫よ。オ○ンコが綺麗な女なんていないんだから」

「そ、そんなことは、き、綺麗です。アーラバロネさまのオ○ンコはまるで花みたいで…

……」

「うふふ、ありがとう」

くぱぁをしながらも、アーラバロネには恥じ入る気配がない。

同性ゆえの気軽さもあるだろうが、同時に自分の裸体の美しさに絶対の自信を持っているからに違いない。

確かに美女という意味ならば、現在のシャニュイ王国にアーラバロネに勝るものはいないだろう。

エレナローラは美人ではあったが、女らしい色気という意味では、アーラバロネの足元にも及ばない。

ユリアンヌは巨乳であり、愛らしい顔立ちだが、普遍的な美という意味ではアーラバロネに敵わない。

「うふふ、そんなに見られるとさすがに恥ずかしいわね」

「し、失礼しました……」

「うふふ、いいわよ。かわいい子には好きなだけ見せてあげる。弄らせてもいいわよ。舌で舐めてもね」

晒しているうちに、アーラバロネの陰阜に蜜がたまりだした。

それと見て取ったジリオンは床に正座をして、アーラバロネの陰阜に顔を近づける。

「舐めていいですか？」

「ここまでしたんですもの。嫌だなんて言うはずがないでしょ。わたくしのかわいい仔猫ちゃん。思いっきりお舐めなさい」

「はい」

とりあえずジリオンは舌を伸ばし、会陰部《えいんぶ》にあてがい、そこから肉の船底に入れる。そして膣孔から尿道口、さらに、陰核《いんかく》まで舐め上げた。

ピチャリ……

「ああ……ん」

濡れた肉船をまさぐられたアーラバロネは、気持ちよさそうな吐息をつく。

（なるほどね。どんなに綺麗なお姉さんでも、オ〇ンコを舐められると気持ちいいんだ）

初めて自分からする奉仕であったが、アーラバロネの陶酔《とうすい》した表情から自信を持ったジリオンは、アンヘルさんに舐めろと言われたところを思い出しながら、一生懸命に舌を動かした。

ピチャピチャピチャ……

仔猫が皿にあけられたミルクを舐めるようにジリオンは舌を動かした。

女のミルクは舐めて舐めても尽きることがない。それどころか、舐めれば舐めるほどに湧き出してくる。

「ああ、上手。とても初めてとは思えないわ。さすが女同士ね。女の急所をよく心得ているわね。ああ、クリトリス、わたくし弱いの」

ジリオンはクリトリスにしゃぶり付いた。そして、口内で舌先に乗せて転がす。

「ああ、そこ、気持ちいい、気持ちいいわ」

陰核の皮を剥き、中身を舌先で弄びながら上を見ると、大きな双丘《そうきゅう》の向こう側で、綺麗なお姉さんが、口唇から涎を垂らして惚けている。

(うわ、エロ)

クンニだけでは物足りなくなったジリオンは、両手を伸ばし、大きな乳房を鷲掴みにする。

(うわ、このおっぱいふわふわだ)

まさに熟れ頃食べ頃おっぱいである。このおっぱいに比べるとエレナローラのおっぱいはまだまだ青かった。

夢中になったジリオンは、両手でそれぞれの乳首を摘まんで扱き上げる。

「気持ちいい、気持ちいいわ、あああ、上手、上手よ」

両の乳首と陰核の三点責め。これにレズビアンの綺麗なお姉さんは堕ちた。

「ああ、もうダメ、イク〜〜〜」

怖そうなお姉さんも、イク時には眉根を八の字にしたなんともかわいらしい表情になった。

（へぇ～、女の人ってイクときこんな顔になるんだ）

初めて見る女のイキ顔に見惚《みほ》れていると、やがて荒い呼吸を整えながらアーラバロネは口を開く。

「ありがとう。とても気持ちよかったわ。さぁ、あなたもお脱ぎなさい。次はわたくしが気持ちよくしてあげる」

「あ、はい」

促されてジリオンは立ち上がった。

スカートの前が大きくテントを張っている。

「？」

アーラバロネは戸惑った顔をしている。

その間に、ジリオンはスカートの中から下着を下ろした。アンヘルが用意してくれたズロースである。これなら女物の下着であっても、逸物への圧迫が少ない。そして、スカートをたくし上げる。

そこには雄々しくいきり立つ逸物があった。

「それはいったい……？」

目の当たりにしたものの意味がわからなかったようで、アーラバロネは不思議そうに小首を傾げる。

美少女だと思っていた相手の股間に雄々しき男根がそそり立っていたら、それは意味がわからないだろう。

「気持ちよくさせていただきます」

相手が混乱しているうちにジリオンは、アーラバロネの白いむっちりとした太腿を椅子に押さえ付けると、濡れ光る陰唇に添えた。

(よし、ここがおちんちんを入れる穴だ)

ジリオンは力任せに腰を押し込んだ。

ズボリ……

「え、これは、な、なに、痛い。なに、この太いものは、痛い、痛いわ。抜いて」

必死に逃げようとするアーラバロネを椅子の背もたれに押さえ付けて、ジリオンは肉棒を根元まで思いっきり押し込んだ。

その反応に、ジリオンはいささか驚く。

「痛い？　あれ、アーラバロネさま、もしかして初めてだったりしますか？」

「初めてって、わたくしのオ○ンコに何を入れたの？」

涙目になって震えているお姉さまに、ジリオンは男根を抜き差しして誇示する。

「何っておちんちんです」

「おちんちん⁉」

ここに至ってようやくアーラバロネは事態を理解したようだ。

「おちんちんって、あなた、男だったの⁉」

「はい。それにしてもアーラバロネさまは、その顔で処女だったなんて意外です」

ジリオンは肉棒の根元に手をやって、破瓜《はか》の血を確認する。

「下郎、わたくしにこんなことをして許さないわよ」

「何を怒っているんですか？　誘ったのはアーラバロネさまじゃないですか」

嘯《うそぶ》きながらジリオンは腰を動かした。

「や、やめて。動かないで」

破瓜の痛みに涙する女を押さえ付け、腰を振るう気持ちよさに、ジリオンは震えた。

(何これ、ヤバイ。めちゃくちゃ気持ちいい)

嫌がる女を押さえ付けて、無理やり犯す。最低の行為をしているという自覚はあるのに、
ジリオンは言いようのない高揚感にとらわれていた。

(腰が止まらない。おちんちんでアーラバロネさまのオ〇ンコの中を滅多突きにするの最高に気持ちいい)

パンッ！　パンッ！　パンッ！

男と女の恥丘が破壊されるほどにぶつける。

初体験の相手であるアンヘルの体内は気持ちよかった。しかし、縛られて無理やり犯されるのと、自分から主体的に腰を動かすのとでは感覚がまったく違う。

初めて女を犯しているのだという実感が持てた。

「ひっ、ひぃっ、ひぃっ」

ジリオンは夢中になって腰を振り、白い喉を晒して悲鳴を上げている女を犯す。

その光景を見ていると、自分が牡なのだというアイデンティティを感じることができた。

「男のよさを教えてあげますよ」

自分の行為に酔いしれたジリオンは、下卑た笑いを浮かべながら夢中になって腰を動かす。

同時に目の前で躍る白い豊乳に魅せられたジリオンは、それを鷲掴みにし揉みしだきながら、左右のピンク色の乳首を交互に吸った。

「あん、あん、あん、ダメ、そんな奥、深くまで、ああん、届く、届いている。そんな子宮を、子宮をノックしないで……ああん」

「でも、ここ気持ちよさそうじゃないですか。おちんちんで子宮を突かれる気分はどうですか？　女同士では味わえないでしょ」

いわゆる種付けプレスと呼ばれる体勢だ。アーラバロネの両足の裏は天井を向いてしまってピクピクと痙攣することしかできない。

色っぽいお姉さんも、こうなってはただの牝だ。せっかく整っていた顔が台無しになっている。

「アーラバロネさま、おちんちん気持ちいいって言ってください」

「だ、誰がっ」

「それじゃ、おちんちん気持ちいいって言うまで子宮を突いてあげますね」

嘯いたジリオンは、腰使いのギアをさらに一段上げた。

「ひぃ、ひぃ、ひぃ、ひぃ、ひぃ」

たまらずアーラバロネは、両手両足でジリオンに抱き着いてきた。

おそらく、今日、午前中に同じようなことをしていたら、ジリオンはあっという間に射精してしまったことだろう。

しかし、本日の午後のお茶会の前に、エレナローラにフェラチオで一度抜かれていたことが幸いした。

ジリオンが力の限り腰を振るっても、暴発しないでいられたのだ。

「ひぃ、ダメ、許して、これ以上は、これ以上は、だめぇ〜〜〜」

哭《な》きが入っているお姉さんに高速で腰を叩き込み、大きな乳房を揉みながら、ジリオンが訴える。

「うお、すごいオ○ンコがおちんちんに絡み付いてきている。アーラバロネさま、おちんちんが気持ちいいんでしょ」

「いいい、気持ちいいい、おちんちん、気持ちいいい、おちんちん気持ちいいわ」

レズビアンであったお姉さまが、ついに男根に屈したのだ。

プライドを砕かれたお姉さまは、白目を剥き、鼻の穴を縦長に伸ばし、大口から舌を出している(うわ、こういうのを牝堕ちしたというのだろうか？)

気位の高いお姉さんが、いまは見る影もない。

そうしたのが自分の男根だと思うと、たまらなく牡としての自尊心を刺激される。

(た、たまらん。アーラバロネさまをぼくのおちんちんの奴隷にしてやる)

そんな思いあがった野望にとらわれた次の瞬間、男根が激しく痙攣した。

もはや射精を止められない。

「い、いきますよ」

「ああ、待って、中は、中はダメぇぇぇ」

事態を悟ったアーラバロネはいまさらのように我に返り必死に逃げようとしたが、それを押さえ付けて、ジリオンは逸物を思いっきり押し込んだ。

亀頭部がグリッと、子宮口にハマった。その状態で欲望を爆発させる。

ドビュッ！　ドビュッ！　ドビュッ！

「あああぁぁぁぁぁ、入って、入ってくる。ああ、熱い液体が入ってぇぇぇぇ」

意に反する膣内射精をされてしまったアーラバロネであったが、両手両足で必死にジリオンに抱き着いてきた。

そして、射精が終わり、肉棒から力が失われていくにしたがって、アーラバロネの手足からも力が抜ける。

「ふぅ」

綺麗なお姉さんの膣内ですべてを出し切ったジリオンは満足の溜息をついて、萎えた逸物を引き抜いた。

(気持ちよかった)

ジリオンはかつてない爽快感を感じていた。

女に食われたのではなく、女を食ってやったのだ。自分が男になったのだという実感が胸の奥から湧いてきた。

「どうです？　男もいいものでしょう」

身支度を終えたジリオンが改めてソファを見ると、シャニュイ王国の社交界に咲き誇る花々の中でも、ひときわ美しい大輪の華であった美姫が、両足をUの字にして、膣孔はもちろん、お尻の穴まで晒して惚けている。

お尻の穴をヒクヒクと痙攣させていたかと思ったら、次の瞬間、膣孔からピュッと白濁液が水鉄砲のように噴出した。

（うわ……エグ）

社交界で見る華麗な姿とのあまりのギャップに見かねたジリオンは、テーブルにあったナプキンを取ると、アーラバロネの股間を丁寧に拭ってやった。

白かったナプキンに、赤い血が滲《にじ》む。

（本当に処女だったんだ）

いまさらながら申し訳ない気分になったジリオンは、アーラバロネの身を優しく気遣う。

「大丈夫ですか？」

「え、ええ……優しいのね」

トロンとした表情で応じたアーラバロネは、ジリオンの胸に身を預ける。

この意地悪お姉さんが妙な方向に目覚めてしまったことに、ジリオンはまだ気付かなかった。

第四章　倒錯したお遊び

「やぁ、ユリアンヌくん」

男装したエレナローラが、歌うように右手を伸ばすと、美しき姫君ユリアンヌが、万感の思いが込められた声とともに胸に飛び込む。

「ああ、エルフィスさま、お会いしとうございましたわ」

南国の蒸し暑いシャニュイ王国で毎夜繰り広げられる社交界。その一幕だ。

（うわ〜、姫様ってば、ノリノリだなぁ）

変身を思いっきり楽しんでいるエレナローラと、恋する乙女になっているユリアンヌがイチャイチャしているさまを、ジリオンはジト目で眺めていた。

そういうジリオンもまた、ピンクのドレスで女装している。

着付けはもちろん、髪の手入れ、果ては化粧まで、王女付きの侍女アンヘルが整えてくれたのだから、誰もが認める令嬢ができあがった。

（はぁ〜、何やっているんだろぼく）

エルフィスとジークルーネは、王女エレナローラのご友人で、お忍びで遊びに来ているのだと知れ渡ってしまっていた。

二人とも身分の詳細は明かされなくとも、王女エレナローラのご友人ということなら、おそらく異国の王子王女だろう、と皆納得しているようだ。余計な詮索はしない。

（いいのかなぁ、こんな平和ボケで……）

ダンス会場で身の置き所がなくうろうろしていたジリオンは、ふと視線を感じて顔を向ける。

「……」

そこには社交界の華と謳われた絶世の美女の姿があった。

どうやら、ジリオンの様子を窺っていたらしい。しかし、ジリオンに気付かれたと気付くと、アーラバロネは慌てて視線を逸らす。

エレナローラの悪乗りに触発されたジリオンは、アーラバロネのもとに歩み寄ると、やんごとなき姫君らしい優雅な所作で挨拶する。

「こんにちは、アーラバロネお姉さま。昨日はお世話になりましたわ」

「ひっ」

一瞬、喉を引きつらせたような悲鳴を呑み込んだアーラバロネは、引きつった表情で応じる。

「え、ええ……ジークルーネさまにおかれましても、ご機嫌麗しゅう」

その様子から、ジークルーネの正体が男だということを、誰にも話さないと決意したことが知れた。

ジークルーネは異国の姫であり、いずれいなくなる。自分に起こった災難は忘れてしまおうとでも考えているのだろう。

(まぁ、そうだよな)

もし、ジークルーネの正体が男だと告発するとなったら、どこで知ったかも公言しなくてはならないだろう。

そうなると、レズに誘ったつもりの小娘が、実は男で、それにレイプされたという、この複雑怪奇な状況を他人に説明しなくてはならない。

そうなるとアーラバロネのほうにしても、同性愛者だということと、レイプされたということと、自らの二重の恥を晒さねばならないのだ。

そこに能天気な声が割り込んできた。

「なんだなんだ。アーラバロネは、ジークルーネ嬢と友達になったのか」

「お、お兄様」

自分の秘密が身内に発覚することを恐れて鼻白むアーラバロネに代わって、ジリオンが応じる。

「これはガーフィキーさま。ええ、昨晩はとっても楽しかったですわ」

「わたしも呼んでくれればよかったのに。まったく気の利かない妹だ」

それからガーフィキーは、ジリオンに向かって夢見るように語る。

「ジークルーネ嬢は、今宵もお美しい」

「これはガーフィキーさま、お上手ですわね」

いつも自分を目の敵にしてくるガーフィキーから満面の笑みの挨拶を受けて、ジリオンは尻がむず痒くなるも、とにかく姫君らしさを演じる。

ガーフィキーは情熱的に語る。

「ああ、その姿、喩えるならば砂漠に咲いた一輪のバラのようだ。あなたの美貌を前にしては、華も月も恥じらい姿を隠してしまいましょう」

「はぁ……あ、ありがとうございます……」

ジリオンはいたたまれない気分になったが、アーラバロネもまた、なんとも微妙な表情になっている。

ジリオンの小さな声を恥じらいと取ったのか、ガーフィキーは片膝をついて大仰に一礼する。

「この愚昧《ぐまい》なるものを哀れとお思いでしたら一曲、踊ってはくださいませんか」

「よ、喜んで」

本心では断りたかったが、ダンスパーティーに出席しているのだ。男性の申し出を断ることは、礼儀としてできない。

頬が引きつりそうになるのを我慢して、申し出を受けた。

ジークルーネことジリオンと、ガーフィキーは一緒にダンスを踊る。

それは地獄の体験であった。

ガーフィキーのダンスが下手というわけではない。むしろ、上手い。ジリオンよりもはるかに上手だ。

しかし、精神的な意味で堪え難いものがあった。

（こ、こいつ、ぼくの作り物の胸に触って、喜んでやがる）

ダンスを踊るとき、さりげなく胸が当たってしまうことがある。そのたびに、ガーフィキーは鼻の下を伸ばして、幸せそうな顔になっているのだ。

男に発情されるのが、これほどまでに苦痛だとは思わなかった。

そんな苦行に耐えるジリオンの横では、エレナローラとユリアンヌのカップルがキャッキャウフフといいながら踊っている。

（まったく姫様は楽しそうだなぁ）

エレナローラの大胆さが羨ましい。

どうにかガーフィキーとのダンスを一曲踊り終わった。

「お粗末さまでした。楽しかったですわ」

「それはよかった。もう一曲、いかがですか？」

もう一曲踊ったら、お持ち帰りされかねない。そんな恐怖にとらわれたジリオンは慌てて断る。

「申し訳ありません。少し疲れましたわ」

「それは仕方ありませんね」

なんとかガーフィキーの誘いを断ったところ、アーラバロネが会場から出ていくのが見えた。

ジリオンは、反射的に後を追う。

ダンス会場を出たアーラバロネは、帰路に就くのではなく、トイレに向かったようだ。

このとき、ジリオンに魔が差した。

すなわち、アーラバロネに続いて女子トイレに入ったのだ。

当然ながら、女子トイレに足を踏み入れたのは初めてである。

そして、個室に入ろうとしていたアーラバロネとともに、ジリオンもまた強引に扉をくぐると背後で閉めた。

「あなたは⁉」

さすがにアーラバロネは驚く。

「こんにちは、オネエサマ」

ジリオンの皮肉な挨拶に、アーラバロネは怯えた様子で、必死に距離を取ろうとする。

しかし、狭い個室。出入口はジリオンの背だ。逃げ道はどこにもない。

頬を引きつらせたアーラバロネは、上ずった声で虚勢を張る。

「誰がお姉さまよ。わたくしをお姉さまと呼んでいいのは、愛らしくかわいらしい乙女だけよ」

「あら、わたくしはお姉さまのお眼鏡に適った乙女ではありませんか」

ジリオンはせいぜいかわいらしく小首を傾げる。そのさまが却ってアーラバロネを逆上させた。

「誰が、あんな汚らわしいものが付いている分際で」

「あら、汚らわしいだなんて、つれないお言葉。昨日は、あんなに喜んで楽しんでおられたのに♪」

外見的には美少女に見えるジリオンの嘲笑に、アーラバロネはなぜか怯《ひる》んだ。

「近寄らないで変態。こ、こんなところにまで、なんの用よ」

「いえいえ、ちょっとした質問があったんです。お姉さまはわたくしの正体を知ったのに、誰にも告げなかったみたいですね。なぜですか？」

「言えるはずがないでしょ。あなたの正体がどうして発覚したと思うのよ。このシャニュイ王国屈指の名門の令嬢たるわたくしが男に辱められただなんて」

頬を染めたアーラバロネは、悔しそうに唇を噛んで視線を逸らす。

その態度が、ジリオンには解せない。

(なぜここまで怯えているのだろう?)

普段の彼女は、自信に満ち溢れた社交界の大輪の華。社交界という舞台の主役として君臨している存在だ。

見るからに気が強く、下手な男に言い寄られたら平手打ちをして啖呵を切るくらいのことはするだろう。

しかるに、いまのアーラバロネにはそのような力強さがない。

美少女だと思った相手が、実は男だった。この認識が、彼女の中の判断をぶれさせているのだろうか。

(人間が怯えるのは、得体の知れないものに対してだというしな)

幽霊が怖いのは、なんだかわからないからだ。そのありようがはっきりしていれば、対処法もわかり、過度に恐れる必要もなくなる。

アーラバロネにとって、ジークルーネことジリオンの存在はあまりにも未知なものなのだろう。

そんな心理をなんとなく推測したジリオンは調子に乗った。

「つまり、またわたくしに犯られたかったということですね」

一気に間合いを詰めたジリオンは、アーラバロネを抱き寄せると、その唇を奪った。

「うむ、うむ、うむ……」

反射的にアーラバロネはジリオンを押しのけようとしたが、女の細腕では男の力には敵わなかった。

ジリオンは強引に唇を擦り合わせ、そして、舌を伸ばす。アーラバロネの唇を舐め回し、狭間に割って入った。

真珠のような前歯を舐めた後、さらに歯の中に入る。

「くっ」

屈辱に眉を寄せたアーラバロネは無粋な侵入者を前歯で噛み切ろうとしたようだが、逆にジリオンの舌が、口内を舐め回し、舌を搦め捕った。

「うぐ……、うふ、ふむ、ふむ」

口を塞がれて、必死に鼻で呼吸をしているお姉さまの舌を吸いながら、ジリオンの右手はアーラバロネのドレスの胸元をはだけた。

(ぼく、女性のドレスの脱がし方だけは上手くなっちゃったなぁ)

連日女装しているゆえの副次効果である。本人的にはあまり嬉しくはない。

しかし、あらわとなった白い乳房を手に取ると、五指の痕が残るほどに大胆に揉み込む。

「ふぐっ……」

嫌だ嫌だと抵抗する割には、乳首はあっという間に勃《た》った。

それを親指と人差し指の腹で摘まんで扱いてやっていると、アーラバロネの抵抗はやんで、ジリオンの身体に抱き着いてきた。

おとなしくなったところで、ジリオンは唇を離す。

口角から涎を垂らし、トロンとした顔をしながらもアーラバロネは口を開く。

「あなたの正体は誰にも言わないから、もう許して……」

「そう嫌がらないでくださいよ。わたくしの姿形は、アーラバロネさまの好みなんでしょ。おちんちんが付いていることぐらい大した問題じゃないじゃないですか？」

「大問題よ」

アーラバロネに即答されたジリオンは、軽く目を瞠ってから肩を竦める。

「要は慣れの問題だと思いますけど。ほら、おちんちんなんて、大きなクリトリスみたいなものですよ」

アーラバロネを便座に座らせたジリオンは、その眼前でスカートの中に手を入れて、下着を太腿の半ばまで下ろすと、気取った仕草でスカートをたくし上げる。

「くっ」

いきり立つ逸物が外界に姿を現す。

それを鼻先に突き立てられたアーラバロネは、頬を引きつらせながら吐き捨てる。

「み、醜い……」

昨日は、ジリオンとレズを楽しんでいるつもりのところを、不意に逸物をぶち込まれたわけで、アーラバロネが男性器をじっくりと観察したのはこれが初めてかもしれない。

女好きの女は、身の毛がよだつと言いたげな顔で視線を逸らそうとしたが、好奇心が抑えられなかったらしく、チラチラと男根を見ている。

(あは、アーラバロネさま、意外とかわいいかも)

年上の女に対して、そんな感想を持ってしまったジリオンは、いきり立つ逸物を誇示しながら命じる。

「昨日は、お姉さまのクリトリスを舐めて差し上げたのですから、今日はお姉さまがわたくしのクリトリスを舐めてください」

「嫌よ」

アーラバロネはぷいっと顔を背ける。

「まぁ、お姉さまったらギブアンドテイクという言葉をご存じないのかしら。昨晩はわたくし一生懸命に舐めて差し上げたでしょ。オ◯ンコを隅から隅まで。さらにクリトリスの皮を剥いて、中身を舌先でペロペロと舐めて差し上げたら、お姉さまは腰を高く上げて、もっともっとと啜《すす》り泣きながら喜んでいらしたのに」

苦笑したジリオンはいきり立つ逸物で、アーラバロネの頬を往復ではたいた。

「や、やめてよ。舐めればいいのでしょ。舐めれば」

「さすがお姉さま。さぁ、お手にお取りください」

慇懃《いんぎん》無礼なジリオンは、屈辱に震える美姫の両手を取って、無理やり肉棒を握らせた。

尿道口を寄り目になって見つめたアーラバロネは諦めの溜息をつく。

「ああ、なんでわたくしがこんな目に……」

わが身の不運を嘆きながら、アーラバロネは逸物に唇を近づけた。そして、思い切ったように赤い舌を伸ばす。

ペロリ、ペロリ、ペロリ……

(うわ〜、あのアーラバロネさまがぼくのおちんちんを舐めているよ)

不思議な感覚だ。

ジリオンは、アーラバロネを魅力的な女性だとは思っていたが、決して惚れていたわけではない。

無理やり逸物を咥えさせなくてはならない動機は、どこにもないはずであった。

しかし、なぜだろう。

アーラバロネの態度が、どうしようもなく男の嗜虐心を煽るのだ。

そこであえて命令する。

「お姉さまったら、クリトリスの先端を舐めるだけだなんて、意外とテクニックがありませんのね」

「ひく」

亀頭部を舐めていたアーラバロネの頬が引きつる。

「もっと全体を、下の袋まで舐めてください」

屈辱に震えながらアーラバロネは、肉棒の裏筋を舐め下りていった。そして、しぶしぶながら肉袋を舐める。

（うわ、屈辱に顔を強張《こわば》らせながら、玉を舐めているアーラバロネさまの表情ってば、エロい）

エレナローラにフェラチオをされたときは、スカートの中に隠れた状態であったから、顔は見えなかった。そのため初めて見た女のフェラ顔である。

どんなに整った顔をした美人であっても、物を咥えていると鼻の下などが伸びて型崩れしてしまう。日常では絶対に見られない表情だ。

（なんだろう？　こんな表情でおちんちんをしゃぶられると、ぼくはまるでアーラバロネさまの支配者みたいだ）

気が大きくなったジリオンはさらに命じる。

「今度は、おち、いやクリトリスを口いっぱいに頬張ってください」

「わかったわよ」

やけっぱちに応じたアーラバロネは、肉棒を頭からかぷりと咥えた。

「ああ、そのままジュルジュルと啜りながら頭を前後させてください」

「くっ」

上目遣いにジリオンの顔を、軽く睨んだあと目を伏せたアーラバロネは、肉棒を啜りながら頭を前後させた。

すると唇が肉棒に引っかかり捲《まく》れた。結果、見るからに気位の高そうな絶世の美女の顔が崩れて、ひょっとこ顔になってしまう。

(うわ、あのアーラバロネさまが、こんな変顔でぼくのおちんちんを咥えてくれるだなんて……、もう辛抱たまらん)

射精欲求が一気に高まったジリオンは、両手でアーラバロネの青紫の波打つ頭髪を掴むと、ぐいっと腰を押した。

「うぐっ」

逸物の切っ先で喉奥を突かれたアーラバロネは涎を噴き、苦しげに呻《うめ》く。

しかし、興奮しているジリオンには相手を思いやる余裕がなく、欲望のままに腰を使ってしまった。

同じフェラチオでも、男が主導権を取るこのやり方はイラマチオと呼ばれる。

「ふぐっ、うぐ、うぐ……」

連続して喉奥を突かれたアーラバロネは、涙目になってしまっている。

その表情を見下ろして、ジリオンの胸中にかつてない感情が湧き上がってきた。

（ああ、なんかいいなぁ、こういうの。牡になった気分だ）

普段のジリオンは、女性に対して横暴に振舞えない性格である。そのため、義母のルグランジュの期待に応えようとがんばり、姫様のエレナローラに振り回され、その侍女のアンヘルに逆らえなかった。

しかし、いまのジリオンは、謎の姫君ジークルーネという仮初《かりそ》めの存在である。自分が自分でないがゆえに、欲望のままに振舞ってしまっていた。

「いきますよっ」

呻きとともに、ジリオンは欲望を爆発させた。

ドクンッ！　ドクンッ！　ドクンッ！

アーラバロネの喉に直接、若い牡の原液が流し込まれる。

否応なくアーラバロネは飲んでしまった。

「ふぅ、ありがとうございます」

小さくなった逸物を、アーラバロネの口唇から抜く。

「ゲホゲホ、これで満足かしら？　以後、もう二度とわたくしに……って何⁉」

咳き込み、涙目となり、白目を赤くしたアーラバロネが啖呵を切ろうとしているところで、その手を引いて無理やり立たせる。

そして、トイレの奥の壁に両手を突かせて腰を突き出させた。

「今日はまだお姉さまが満足してないでしょ」

嘯きながらジリオンは、アーラバロネの黒いスカートをたくし上げた。

長い脚には黒いタイツ。そこを黒いガーターベルトで留めて、中の絹の下着に包まれた臀部があらわとなる。

「お姉さまのショーツには、大きな濡れシミが浮かんでますわ。このままでは欲求不満で夜も満足に眠れなくなりますわよ」

セクシーな紐ショーツの股繰りにできたシミを、ジリオンは指で押した。

「あん」

「おちんちんが欲しいんでしょ？」

「誰が、わたくしはかわいい女の子が好きなのよ」

必死に虚勢を張るアーラバロネの返答に、ジリオンは肩を竦める。

「ほら、わたくしはかわいい女の子ですわ。そのうえ、おちんちんまである。アーラバロネさまの理想なんじゃないかしら？」

「この変態……」

頬を引きつらせるアーラバロネの指摘を聞き流しつつ、ジリオンは紐ショーツを解く。

女の股間とショーツの股布の間で、愛液がぬらーっと糸を引き、青紫の陰毛が伸びた。

「うわ、いい濡れっぷりですね。お姉さまったら、おちんちんなんか興味ないと言っていたくせに、おちんちんを舐めながらすっごい興奮していたんですね」

「くっ」

アーラバロネとしても自分の濡れ方に戸惑っているようだ。

自分の考えている嗜好《しこう》とは裏腹に、牝の本能として、牡の匂い、牡の生殖器を咥えて興奮したという側面はあるだろう。また、アーラバロネ、ジリオンともに知らなかったことだが、女には、口の中にも性感帯があるのだ。フェラチオをすると、それだけで口内の性感帯を刺激されて感じてしまう。

「うふふ、これでは今宵は、お姉さまの大好きなクンニをして差し上げる必要はありませんわね」

ジリオンはたったいま射精したばかりなのに、まったく小さくなっていない逸物を構えた。

なにせ無限の性欲があるお年頃である。

アンヘルに縛り上げられて、十発連続で搾り取られた経験もあるくらいで、自分が一度射精したぐらいでは治まらないことを、ジリオンは承知していた。

「さぁ、このおちんちんが欲しかったのでしょ」

「……ゴクリ」

すでに一度犯られているので、覚悟ができているということだろうか。アーラバロネは生唾を一つ飲んだだけで、逃げようとはしなかった。

そこでジリオンはさらに調子に乗る。

「あ、そうだ。お姉さま、せっかくですから、オ◯ンコをくぱぁして、おちんちん入れてください、とおねだりしてください」

「はぁ、なんでわたくしがそんなこと……」

「だっておちんちんが欲しいんでしょ」

女装した美少年は、逸物の切っ先を濡れそぼつ肉裂に添えて、軽くなぞった。

亀頭部は、クリトリスを嬲《なぶ》り、尿道をこね、膣穴を浅く穿る。

クチュクチュクチュクチュ……

卑猥な粘着質な水音が、狭い個室に響き渡った。

「うわ、すごい、お姉さまの濡れ濡れのオ◯ンコ、パクパクしています。わたくしのおちんちんを食べたくて仕方がないって言っていますね」

「ああ……」

焦らされたお姉さまは、不本意ながらも下半身が震え、壁に両手をついた上体を突っ伏し、引き締まった尻を後ろに突き出してしまった。

亀頭部が軽く入ったところで、上に上がり、会陰部を通って、肛門に達する。

「それとも肛門に入れてほしいのですか？」

「くっ、卑劣なやつ」

アナルに入れられるよりはマシと考えたのか、覚悟を決めたアーラバロネは、自らの両手をお尻の左右から回して、自ら肉裂を開いた。

濡れて糸を引く膣孔まで、くぱぁと開く。

「お、おちんちん、入れてください」

「まぁ、アーラバロネお姉さまったらはしたない。しかし、お姉さまの頼みでは断れませんわね」

嘲《あざけ》りの笑みを浮かべたサドの女装少年は、いきり立つ逸物をゆっくりと押し込む。

昨夜とは違い、なんら抵抗なく、ヌルリと入っていった。

「くっ、こ、このわたくしが男なんかに、うほっ」

隧道を突き進んだ亀頭部が子宮口を押し上げるとアーラバロネは、両の黒目を上に上げて嬌声を上げた。

(うわ、これ、気持ちいいわ)

ジリオンが男根を入れたことのある女性は、アンヘルとアーラバロネのみである。

しかるに、昨夜のアーラバロネは破瓜だったこともあって、ギッチギチに締めてきただけであった。

しかし、一夜経ってアーラバロネの膣孔は、男を楽しませる膣洞として開花したようである。

（アンヘルさんのオ○ンコとはまた違った味わいが……）

アンヘルの膣孔も、アーラバロネの膣孔も気持ちよかった。甲乙を付けるようなものではないが、新鮮な喜びがあったことは確かだ。

（アーラバロネさまのオ○ンコは、中で華でも咲いているみたいだ。それになんだろう？この心躍る感覚……）

興奮したジリオンは、両手をアーラバロネの腋《わき》の下から前に回して、生乳を揉みしだく。そうしながら、腰をリズミカルに叩き込んだ。亀頭部が連続して子宮口を打つ。

「ま、待って。そ、そこは、あん、ダメ、あん、奥は、奥は、突かないで、あんあん」

女が明らかに感じているポイントを責めない理由がない。ジリオンは荒々しく腰を打ち込み、亀頭部で子宮口をノックし続けた。

「あっ、あっ、あっ、ダメと言っているのに、ああ、こんなに感じるだなんて……」

不本意ながらも女としての性感を開発されて、アーラバロネは嬌声を張り上げてしまう。

（あ、これいいな。女を犯しているという感じがする）

アンヘルに縛り上げられ、じっくりねっとりと逆レイプされるのは、肉体的には気持ちよかったのだが、心が削られるような気分を味わった。

しかし、いま初めて自ら女を犯している。そう実感したとき、牡としての喜びが胸中から湧き上がってきた。

逆にレズビアンでおっかないお姉さまは、トイレで不本意に犯されて、屈辱に震え、目尻に涙をためている。

「あん、あん、あん、わたくしに、あん、このような真似をして、ひぃ、ただで済むと、あん、あん、あん」

「気持ちいいのはわかりますが、ここで声を出すことはお勧めしませんよ」

嘲弄《ちょうろう》したジリオンは、アーラバロネの紐ショーツを取ると、その口に押し込んだ。

「うぐっ」

自分の穢れた下着を口に咥えさせられたアーラバロネは、屈辱に目を剥いた。

「よし、これで声を出せませんね。そうそう会場を留守にできませんから、一気にいきますよ」

「う――」

パンティを咥えたアーラバロネは、ダメと叫んだようだが、気の大きくなってしまっているジリオンが、そんな要望に応えるはずがない。

両の乳房を揉みしだきながら、高速で腰を叩き込んだ。

「ふんっ、ふんっ、ふんっ」

パンツを咥えた綺麗なお姉さんは、トイレの壁にしがみつきながら、腰を突き出して、鼻を鳴らす。膣孔がキュンキュンと締まる。

(うわ、あのアーラバロネさまが嫌がっていたのに、ぼくのおちんちんに突かれて、感じている。イこうとしているんだ。ぼくのおちんちんに屈伏しようとしているんだ)

自分の逸物で、女性を屈伏させるという男のロマンに酔ったジリオンは、摩擦熱で発火しそうな勢いで腰を振るった。そして、その勢いのままに逸物を思いっきり押し込み、亀頭部が子宮口にハマった状態で射精する。

ドビュドビュドビュ
「ふぐ――――ッ!?」

ショーツを咥えている美女は、背筋を反らし、鼻の穴を大きく開いて呻く。そして、ビクビクビク……と全身を激しく痙攣させた。

今回は破瓜の痛みもなかったのだから、男に膣内射精される気持ちよさを否応なく体験してしまったようだ。

(うわ、オ◯ンコすっごい締まる。おちんちん、吸い取られそう。ああ、アーラバロネさまも一緒にイってくれたみたいだ)

男と女は雌雄一対だ。膣内射精をされてアーラバロネもまた絶頂したことが伝わってきた。

（やった。アーラバロネさまをぼくのおちんちんでイかせたんだ）

思いっきり射精しながら、女装した美少年が牡としての喜びに酔いしれていたときだ。

シャー……

男女の結合部の少し前から、熱いゆばりが噴き出して、辺りにまき散らされた。

これには驚いたジリオンであったが、すぐに事態を理解した。

「ああ、トイレに来たんですもんね。お姉さま、ずっと我慢していらしたんですか？」

「くっ」

ショーツを咥えたまま顔はおろか項《うなじ》まで真っ赤にしたお姉さまは、放尿を止めようとしたが、一度、尿道口に入った液体を戻すことはできず、すべてをまき散らした。

「まったく、おしっこをまき散らしながらイクだなんて、お姉さまったら見かけによらずお下品でしたのね」

女性の放尿が終わったことを確認したジリオンは、満足した逸物を引き抜くと、自らの身支度をした。

次いで惚けているアーラバロネを便座に座らせてやっている間に、穢れた床を魔法で清掃し、さらにトイレットペーパーで、オ〇ンコを綺麗に拭いてやる。

「……」

ジリオンに事後処理をされている間、おっぱい丸出しでショーツを咥えたアーラバロネは便座で蟹股開きのままだった。

女が好きだと公言していたのに、再び男に犯されてしまった。それも膣内射精されて強制的に絶頂させられながら、失禁までしてしまったのだ。

気高い貴族令嬢としてのプライドが崩壊するには十分な体験だったようだ。

「それじゃ、オネエサマ、また遊びましょうね」

いまだに便座に蟹股開きのまま座って惚けているアーラバロネを残して、ジリオンは独りトイレから出る。

（ああ、またやってしまった。でも、ぼくってやっぱり男の子なんだよな。綺麗なお姉さんのオ〇ンコにおちんちんをぶち込んで、思いっきり腰を使うのって最高に気持ちいい）

日頃のストレスを解消したジリオンが、独りトイレから出ると、そこには眼鏡をかけたメイド服のお姉さんが待ち構えていた。

「うわ⁉」

思わずたじろぐジリオンに、アンヘルは平静な顔で応じる。

「なかなかいい手際でした。あの手の女はおちんちんに弱いものです。しっかりと調教しておくのがよろしいでしょう」

「は、はい……」

別にジリオンとアンヘルは、付き合っているわけでも、恋人同士でもない。単に弱みを握られて、性的玩具にされただけの関係だ。

しかし、頭とは裏腹にジリオンの逸物は完全調教されてしまったかのようで、その姿を見ただけで縮みあがっている。

「あの、アンヘルさん、どうしてこちらに」

「姫様がお呼びです。このまま例の部屋に来るようにとのことです」

かくしてジリオンは、再び姫様の隠し部屋に呼ばれた。

※

「困ったことになった。手を貸せ」

女装の少年が隠し部屋に入ると、待ち構えていた男装の麗人は、開口一番、そうのたまった。

もうその一言で厄介ごとだとわかったジリオンは、溜息まじりに応じる。

「力を貸せって、今度は何をすればいいんですか？」

「実はな。ユリアンヌのことだ」

「はぁ」

気のない返事をするジリオンに、エレナローラは両腕を広げて大仰に答える。

「次回会ったとき、処女を貰うと約束してしまった」

「はぁ！」

さすがに予想外で、ジリオンは頓狂な声を上げてしまった。

「何を約束しているんですか、あなたは⁉」

「貰えるものは病気以外は貰いたいものだろ」

エレナローラは胸を張って応じる。頭痛を感じるジリオンを他所に、エレナローラの主張は続く。

「しかし、わたしにはアレがない」

「アレ？」

「むろん、おちんちんだ」

恥じらいもない返答に、ジリオンは肩を落としながら応じる。

「ですよね〜〜〜。諦めてください」

「しかし、おまえにはあるだろ。貸せ」

「いや、何を言っているんですか！　貸せるはずないじゃないですか⁉」

逸物を切り取られると思ったジリオンは、両手で股間を押さえて距離を取る。

「別におまえのおちんちんを引っこ抜いて、わたしの股間に付けるという話ではない。いいか、よく聞け」

エレナローラの計画は、自分とユリアンヌがレズプレイを楽しんでいるところを、挿入のときにだけおちんちんを貸せ、というものであった。

「嫌ですよ」

　逸物を切り取られるのではないと知って安堵したジリオンであったが、即座に拒否した。

「そんなのユリアンヌがあまりにもかわいそうじゃないですか！」

「愛する男に、おちんちんを入れられないほうがかわいそうだろ。ユリアンヌはわたしに犯られたくてたまらないのだ。ああ、あの発情した表情、思い出しただけでもたまらん」

　男装の麗人は、自らの身体を抱いてクネクネと身悶える。

（うわ、わかっていたけど、エレナローラさまっていい性格しているよなぁ）

　同性愛とかそういう嗜好とは関係なく、単に遊びとして、男装して女を誘惑して、その気にさせるのを楽しんでいるのだ。

　その果てに、乙女の大事な処女まで奪ってしまおうと企んでいるのだから、罪深い。

「いや、素直に正体を明かしましょうよ。そっちのほうが罪が少ないと思いますよ」

「おまえは乙女の夢を壊そうというのか、なんて酷いやつなんだ」

　エレナローラの言い分に、ジリオンは頭痛を感じた。

「え～い、わたしが頭を下げているんだぞ。ほら、いつものようにわたしの身体を好きなだけ触らせてやる」

　ジリオンの煮え切らない態度に業を煮やしたエレナローラは、その右手を取ると礼服の上から自らの乳房を握らせ、さらにスカートの上から股間をまさぐる。

「なんと言われてもダメです」

いつものジリオンであったなら、エレナローラの誘惑に逆らうことはできなかった。しかし、今宵はすでにアーラバロネを相手に二発出してきたところだ。

逸物が反応していないことを察したエレナローラは、そのままジリオンに背を向けると、白いズボンに包まれた尻を腰に押し付けてきた。

そして、ズボンの前を下ろす。

中から白いショーツがあらわとなる。そして、ジリオンの左手を取ると前に回させ、腹部からショーツの中に押し込む。

「いっ」

姫様のパンツの中に入った指先には、シャリシャリとした陰毛の感覚が伝わってくる。

「ふふ」

ジリオンが動揺したことに気をよくしたエレナローラは尻をくねらせて、男の股間を刺激してくる。

「どうだ。割れ目があるのがわかるだろう?」

「はい」

「わかるか、そこがオ◯ンコだ」

エレナローラは、ジリオンのことを童貞だと思い込んでいるようだ。

しかし、当のジリオンは、アンヘルとアーラバロネの陰阜を拝見したことがある。指先だけの感覚でも、なんとなく想像はついた。

「指を入れてみろ」

しっとりと濡れた肉裂に、中指が埋まった。

「あっ、そう、そこに穴があるのがわかるだろう。そこが膣孔というやつだ。世の牝どもは、そこにおちんちんをぶち込まれることが夢なのだ。あの清楚なユリアンヌのやつが、恥じらいつつ、発情した牝の顔で処女を貰ってほしいと懇願してきたのだぞ。おちんちんをぶち込んでやらないのはかわいそうだと思わぬのか」

幼馴染の女の子の発情した表情を想像して、ジリオンの逸物は隆起した。それを尻で感じたエレナローラは、素早く左手を後ろに回し、スカートをたくし上げると、男根を握る。

「このおちんちんをユリアンヌの中に入れたいとは思わぬのか」

「そりゃ思います。思いますけど……」

ジリオンも負けじと、エレナローラの陰核を摘まんだ。

「き、貴様、そこは……くっ」

「ここはなんですか？　ずいぶんと敏感ですけど」

「く、クリトリスというらしい。女の急所だ……。あまり触るな」

もちろん知っていた。しかし、エレナローラの口から説明されたことに興奮する。

「いや、クリトリスを好きなだけ弄らせていただけましたら、このたびの姫様の願い、承知いたします」

「くっ、足下を見て……。まぁ、いい、ああん」

「ありがとうございます」

ジリオンは指先に捕らえた陰核をクリクリとこね回す。

「ああ」

官能の声を上げたエレナローラは、左手に握った逸物を強く扱いてくる。

負けん気の強い性格だけに、ただ一方的に愛撫されるのが嫌なのだろう。しかし、そんな克己心とは裏腹に、ショーツから溢れた蜜で内腿が濡れ輝いた。

(姫様ってば、感じるとこういう表情になるんだ。ああ、ぼく、ユリアンヌなんかより、エレナローラさまとやりたい。エレナローラさまのこの穴におちんちんを入れてズボズボしたいな)

そう考えたとき、ジリオンは限界だった。

「ああ」

ドビュ!

エレナローラに握られた逸物の先端から白濁液が噴き出す。

本日、三発目だっただけに液量は多くなかったかもしれないが、勢いは悪くなかった。

問題は飛翔した先には、真面目な顔をしたメイドの顔があったことだ。

「あ、アンヘルさんいつからそこに」

動揺するジリオンの質問に、アンヘルはハンカチを取り出し、自らの顔を拭いながら応じる。

「まったくあなたたちは何をやっているんですか」

男装の麗人と女装男子が手コキ、指マンする光景に、やり手のメイドさんはあきれ果てたジト目を向けてきた。

※

「ああ、エルフィスさま、恥ずかしいですぅ……」

「ユリアンヌ、綺麗だよ」

寝台の上では、男装したエレナローラと、裸に剥かれたユリアンヌが抱き合っていた。

その睦言《むつごと》を、ジリオンは寝台の下に隠れて聞いている。

(何やっているんだろうな、ぼく……)

エレナローラから計画を聞いたアンヘルは、「まぁ、よろしいんじゃないですか？　姫様がそれでいいのでしたら」と呆れながらも協力してくれた。

かくして、遠国の王子様と自称するエルフィスは、恋人ユリアンヌをアンヘルの用意してくれた部屋に連れ込んだというわけだ。

（ユリアンヌのやつも、よく気付かないな）

恋は盲目というが、自分の愛する相手が同性だとは夢にも思っていないようである。

パンパン
シーツを叩く合図があった。

（本当にやっていいのかな）

躊躇いを感じながらも、ジリオンはそっと寝台の下から抜け出した。

恐る恐る顔を上げる。

寝台の上に目を向けると、いきなりオ◯ンコが二つ、縦に並んでいた。合計四本の脚が、大股開きになっていたのだ。

作戦通り、エレナローラは上からユリアンヌに覆いかぶさり、接吻しているようである。

エレナローラは上着は脱がず、ズボンと下着だけ脱いだようだ。

（ああ、これがエレナローラさまのオ◯ンコか、そして、ユリアンヌのオ◯ンコ）

忠誠を誓った姫君と幼馴染の女性器。ともにジリオンは初めて見た。いずれもよく濡れている。

エレナローラのほうが若干色素が濃く、ユリアンヌは桃色だった。

これがジリオンのために捧げられた光景であったのなら、感動したことだろう。しかし、騙して犯そうというのだ。罪悪感に胸がチクチクする。

「……」

しばし眺めていると、早くやれ、と催促するようにエレナローラは引き締まった尻を上下させた。

（いっそ、エレナローラさまのオ○ンコに入れちゃおうかな？）

という悪戯《いたずら》心が頭をもたげた。

（いやいや、そんなことしたら、死刑だから。御家断絶で義母さんに迷惑がかかる）

諦めたジリオンは、そっと寝台に上り、エレナローラの背後に膝立ちになると、いきり立つ逸物を、下にあったユリアンヌの濡れた陰唇に添えた。

（ええーい、ままよ。ごめん、ユリアンヌ）

心の中で謝りながら、ジリオンは幼馴染の少女の陰唇に逸物を押し込む。

ぶつん！

「ふぐ」

処女膜を破った感覚が確かにあり、痛みからユリアンヌは暴れようとしたが、それを接吻しているエレナローラが押さえ込む。

（ああ、これがユリアンヌのオ○ンコ）

幼馴染。いや、半ば婚約者である少女の膣内の感触に、ジリオンは酔いしれた。

ユリアンヌの身体に触れることが許されないジリオンは、眼下の引き締まったエレナローラの小尻を両手で掴みながら、腰を動かした。

「うん、うん、うん」

エレナローラに唇を奪われたユリアンヌの唇の狭間から、うめき声が漏れている。

(ああ、ユリアンヌ、気持ちいい。キミのオ○ンコ、すっごく気持ちいいよ)

そう褒めてあげたいのだが、それも許されない。

こんな悪魔の所業を強要したエレナローラに対して、腹立たしさを覚えたジリオンは、眼下でヒクヒクしていた肛門に、そっと指を触れた。

「ふぐっ」

今度はエレナローラが呻いた。しかし、ユリアンヌを押さえ付けているエレナローラは抵抗ができない。

それをいいことに、ジリオンはエレナローラの肛門に悪戯して、ついには小指を一本入れてしまった。

「……」

小指とはいえ、肛門に異物を入れられるのは大変な違和感であろう。

エレナローラの引き締まった尻にはぬったりとした汗が噴き出している。

(他人様の処女を奪ったんですから、これぐらいの我慢はしてもらいましょう)

騙されているかわいそうな幼馴染の敵を討つため、エレナローラの肛門を穿る。そんな思いとは裏腹に、逸物は処女肉を存分に蹂躙《じゅうりん》した。

(くぅ、ユリアンヌのオ◯ンコ、気持ちよすぎる。ザラザラの襞がおちんちんに絡み付いているこの感触。アンヘルさんとも、アーラバロネさまとも違う。ちんちん溶けそう。あ、もう、出そう。でも、中に出すのはさすがに……。いや、ここまでしたら中出ししないのは却って失礼だ。というか、出したい。ユリアンヌのオ◯ンコをぼくのザーメンでいっぱいにしたい。ああ、もう後は野となれ山となれだ)

かくしてジリオンは、欲望のままに逸物を爆発させた。

ドクンドクンドクン……

幼馴染の少女に思う存分に膣内射精したジリオンは、エレナローラの肛門からも指を抜き、再び寝台の下に隠れた。

「ああ、さすがエルフィスさまのおちんちん、とっても大きかったですわ。あら?」

「あはは、おちんちんというのは射精すると小さくなるものなんだよ」

「まぁ、そうなんですか。失礼しました」

寝台の上でのピロートークを聞きながら、処女の血に穢れた逸物を握りしめたジリオンは、安堵の溜息をついていた。

第五章　逆正常位で破瓜!?

「嫌だ嫌だと駄々をこねたくせに、ずいぶんと気持ちよさそうだったな」

エルフィスことエレナローラが念願のユリアンヌと結ばれた翌日の午後、ジリオンは王女様のお茶会に招かれていた。

紅茶とケーキを楽しむ優雅な一時のはずが、なぜか部屋の主の機嫌はすこぶる悪い。

「何怒ってるんですか？　姫様がやれと言ったからやったんですよ」

ジリオンとしては、幼馴染の少女の処女を、騙して奪ったことに罪の意識を感じている。

それなのに、命じた本人から非難されたのでは立つ瀬がない。

そんな二人の言い争いを端然と見守っていたアンヘルは、眼鏡を整えながら溜息をつく。

「姫様、正直、面倒臭いです」

むっとしたエレナローラは、枕を投げつけてきた。

「もういい、二人とも出てけ！　顔も見たくない！」

怒声とともに部屋を追い出されたジリオンは溜息をつく。

「まったく、姫様は何を怒っているんだ。ちゃんと姫様の言う通りにやったのに……」

訳がわからんといった顔のジリオンに、アンヘルは呆れた顔を向ける。

「姫様が何を怒っているのか本当にわからないんですか？」

「アンヘルさんは、ぼくに非があるというのですか？」

女心がまるでわかっていない少年の返答に苦笑したアンヘルは、その肩に手を添えると、左の耳元で意味ありげに囁く。

「女の機嫌を取るもっとも有効な手段を教えて差し上げましょうか？」

「ぜ、ぜひ」

美人だがおっかないお姉さんの色っぽい吐息を耳元に浴びせられて、ドギマギしながらジリオンは頷く。

「セックスさせてくださいと土下座しながらお願いするんです」

「はぁ？」

一瞬、絶句したジリオンは次いで慌てて飛びのくと、突き出した両掌を全力で左右に振った。

「いやいやいや、からかわないでください。あの姫様にそんなことを言ったら、冗談抜きに殺されますよ」

アンヘルは眼鏡のフレームを指で整えながらすました顔で応じる。

「女は子宮で考える生き物です。わたくしが教えて差し上げたテクニックを駆使すれば、姫様はたちまち上機嫌になりますよ」

「む、無理ですって」

「まぁ、犬も食わないといいますしね。自分たちでどうにかしてください」

震え上がるジリオンに醒めた眼差しを向けて肩を竦めたアンヘルは、そのまま立ち去ってしまった。

それを見送ってジリオンは溜息をつく。

(はぁ〜、また、アンヘルさんにからかわれた)

無理やりではあったが、アンヘルはジリオンに女の抱き方を教授してくれた人である。尊敬はしているが、その言動が理解できないこともしばしばだ。

童貞を捧げたお姉さんと別れたジリオンが渡り廊下を歩いていると、向かいから華やかな美女が歩いてきた。

アーラバロネである。

「……」

一瞬躊躇いを感じたジリオンであったが、謎の姫君ジークルーネの正体が自分だとはバレていないという確信から、必死に平静を装って挨拶する。

「アーラバロネ姫、ごきげんよう。よい陽気ですね」

「ふん」

高慢に顎を上げたアーラバロネは挨拶を返さないどころか鼻で笑って通り過ぎていった。

ただでさえ男嫌いで女好きという嗜好を自負しているのに、さらに兄のライバルとあっては、社交的な笑顔さえ惜しんだらしい。

（まったく）

エレナローラの理不尽な態度に続いて、アーラバロネの傲慢な態度に、ジリオンはカチンときた。

むしゃくしゃしていたジリオンは、急いで隠し部屋に入ると自ら女装をした。

そして、再びアーラバロネの前に出る。

「ひっ⁉」

今度はあからさまに、怯んだ顔になるアーラバロネに、美少女にしか見えないジリオンはねっとりと笑いかける。

「お姉さま、二人っきりになれる場所に行きましょうか？」

「え、ええ……」

屈辱に震えながらも、期待に頬を染めたアーラバロネは、素直に従った。

美しい庭園の片隅、人目のない芝生の上でジリオンは命じる。

「スカートをたくし上げてください」

「……。これでいいの」

木漏れ日の下、アーラバロネは屈辱に震えながらも、両手で素直におしゃれなスカートの裾を持つと豪快にたくし上げた。

中からガーターベルトに包まれた脚と、その上から穿かれたパープル生地のショーツがあらわとなる。貴族の令嬢が身に着けるにふさわしい凝った刺繍《ししゅう》の入った下着だ。

「うふふ、お姉さまったら、わたくしのためにこんなエッチな下着を着けてくださっていたのね」

晒されたショーツに向かって右手の人差し指の腹を上に向けて伸ばすと、股繰り部分を撫でてやる。

「ああん……」

甘い声とともに、たちまち濡れて変色したシミが広がった。

「そろそろおちんちんが欲しいのではありませんか？」

「おちんちんをください」

悔しそうな表情を浮かべながらも、その頬は紅潮し、牝としての期待に昂《たかぶ》っているのが見て取れる。

ジリオンはショーツ越しでも濡れてしまった指を、アーラバロネの鼻先にかざして命じた。

「よく言えました。ご褒美をあげますから、四つん這いになってください」

「わ、わかったわ」

高慢で鼻もちならない女であるはずのアーラバロネだが、なぜか女装したジリオンには逆らい難いらしい。

言われるがままに芝生に両手をつき、お尻を突き出してくる。

そこに膝立ちになったジリオンは、セクシーなショーツを太腿の半ばまで引きずり下ろした。

陽の光に白く輝いた白い尻を抱き、濡れた青紫の陰毛に彩られた秘裂に向かっていきり立つ怒張をぶち込んでやる。

「あん♪」

アーラバロネは、膣から入った男根が身体を貫いて、口から出たとでもいうかのように大口を開けてのけ反った。

「うふふ、お姉さまったら、嫌がったそぶりをしながら、オ〇ンコの奥までグッチョリ濡れているじゃないですか」

パチン!

嬲るように尻肉を軽く叩いたジリオンは、勇んで抽送《ちゅうそう》運動を開始する。

「ああ、なぜわたくしがこのような目に、あっ、あっ、あっ」

屈辱で涙目になっているアーラバロネであったが、その嗜虐的な性格とは裏腹に、身体は被虐の喜びに溺れてしまっているようだ。

膣孔はよく濡れているし、黒目を上に裏返して白目を剥き、開いた口から涎と舌を出して喘いでいる。

（こういうのをマゾ女っていうのかな？　でも、なんだろう？　アーラバロネさまとエッチすると、自分が男なんだなぁ、と実感できて気持ちいい。ぼくとアーラバロネさまって身体の相性がばっちりなのかも）

女装しているときだけ男らしく振舞えるというのも、不思議な気分ではあるが、とにかくジリオンは横暴な主君から受けるストレスを解消するために、意のままになる女に向かって思いっきり腰を振るった。

「ああ、そんな、奥を、子宮をガンガン突かれては、わたくし、ああ」

すっかりマゾ堕ちしている年上のお姉さんを相手に、調子に乗ったジリオンが気持ちよく青姦を楽しんでいたときだった。

「……何をやっているんだ？」

唐突にエレナローラの声がかかった。

顔を上げると、男装姿のエレナローラが目を剥いて立ち尽くしている。

彼女がここを通りかかったのは、偶然とばかりも言えないだろう。ジリオンとエレナローラは、同じ秘密を抱えて同じ部屋で着替えて外出することを常としている。

どうしても行動範囲が似てしまうのだ。

呆然とするジリオンとは逆に、アーラバロネは動転した。

「こ、これは、いや、見ないでぇぇぇぇ」

謎の王子様エルフィスの正体を知らないアーラバロネは、自らの痴態を他の男に見られてしまったと思ったのだろう。動揺を隠し切れず、顔を真っ赤にして泣き叫ぶ。

しかし、彼女が動転してくれたことで、ジリオンは冷静に振舞うことができた。露悪的に応じる。

「ぼくの秘密がバレてしまったので、口封じです。エルフィスもご一緒にどうですか？」

謎の美少年エルフィスと、謎の美少女ジークルーネは同じ国から来たのだ。その秘密を知っているとアーラバロネが思っても不思議ではない。

「ほぉ」

顎に手を当てたエレナローラは、改めて眼下の光景をまじまじと見る。

「み、見ないで……」

獣のように犯されている絶世の美女は、必死に顔を背けた。

誇り高き名門貴族の令嬢が、男に屈伏して言いなりになっているのだ。それだけで堪え難き屈辱なのに、さらにそのさまを他人に見られるなど痛恨の極みだろう。

ややあって得心顔をしたエレナローラは、歩み寄る。

「面白い。ぼくも手伝ってやろう」

「男は、男はイヤ〜〜〜」

自称、女好きのお姉さんは、必死に逃げようとするが、いままさに男に最深部までぶち抜かれている状態では動くに動けない。

そんなアーラバロネの背中に跨がったエレナローラは、眼下の肛門に中指を添えた。そして、そのままねじ込む。

「ひぃぃぃぃぃぃぃ」

背中が見えないアーラバロネは、膣孔と肛門に男根を入れられる、いわゆる二刀挿しにされたとでも思ったのだろうか。目を剥いて硬直する。

(こ、これは普通におちんちんを入れたのとはまた違って、いい)

男根の上側に、薄い肉壁《にくへき》越しにエレナローラの指の存在を感じたジリオンは、新鮮な肉壺感覚に酔いしれた。

「くっくっくっ、これはよく締まるケツマンコだ」

嗜虐的に笑ったエレナローラは、楽しそうに肛門に入れた指を出し入れさせる。

(アーラバロネさまはぼくの玩具なのに……)

変な独占欲を刺激されたジリオンもまた激しく肉棒を出し入れさせた。

「ひっひっひっひっ」

社交界の華、女王として君臨している姫君は、喉奥から引きつった嬌声とともに涎を垂らして悶絶している。

（ああ、気持ちいい。アーラバロネさまってやっぱりいい女だよなぁ。普段、綺麗に装っている姿もいいけど。おちんちんを入れられてアへっているときが最高♪）

肉棒にしっぽりと絡み付いてくる濡れた肉壺の感触に酔いしれたジリオンは、欲望のままに射精した。

「また、中、気持ちいいあひぃぃぃぃぃ♪」

プシャ！

年下のかわいい女の子が好きだと公言しながらも、膣内射精される気持ちよさにすっかり目覚めてしまったアーラバロネは、潮噴き体質なのだろうか。今回もまた盛大に潮を噴きながら絶頂した。

（いや、やっぱりアーラバロネさまとのセックス楽しい）

男としてマゾ女を調教する行為に酔いしれているジリオンの顔を、エレナローラは至近距離から観察していた。

※

「かわいいよ、ユリアンヌ」

部屋の中からエレナローラの男を気取った声色が聞こえる。

そこは王宮の離宮の一つ。謎の王子様エルフィスの部屋ということになっている場所だ。

忠誠を誓ったお姫様に呼ばれて、部屋に入ったジリオンは吃驚《びっくり》仰天した。声を出しそうになるのを必死にこらえる。

部屋の主が男装姿でいることは、予想通りだ。そして、ユリアンヌの姿があることも。

（また、おちんちんを貸せ、というんだろうな）

と用件も予測していた。

しかるに豪華な椅子に座った、いや、座らされたユリアンヌの姿は予想外であった。

素っ裸のユリアンヌが、両足を肘置きに、両手を上部から背もたれに縛られていたのだ。

そのうえ、目隠しまでされている。

すなわち、腋窩の下はもちろん、乳房や陰部といった女が隠したい部分を丸晒しにされて緊縛されているのだ。

大きな乳房の先端を飾る、大きなピンク色の乳首がビンビンにシコり勃っている。

傍らに立ったエレナローラが筆を持ち、その毛筆で乳首を撫で回しているのだ。

おかげで全身がビクンビクンと震えている。

そして、何よりも驚いたことに、陰阜をすっかり見ることができる。なんら障害物なく溢れ出た蜜が、座席にシミを作っていたのだ。

まだ十代半ばであるユリアンヌの陰毛は、決して濃いわけではなかったが、少なくとも前回まではあった。

しかるに、いまはつるつるでなんら隠すものなく、くっぱり割れた女性器を晒している。すなわち、剃毛された。この状況から剃毛を強要したのは、間違いなくエレナローラであろう。

(うわ～。女同士ってえげつな)

ジリオンは、アーラバロネを相手に結構酷いことをしている自覚があったが、エレナローラがユリアンヌにやっていることのほうがはるかに酷いと思う。

(でも、エロい。ユリアンヌってこんなに色っぽかったんだ)

普段、顔を合わせるユリアンヌは、明るく元気な少女であった。しかるに、いまのユリアンヌは、退廃美に満ちている。

あまりのギャップに、ジリオンは生唾を飲んだ。

「はぁ、はぁ、はぁ……エルフィスさま、なぜいつも目隠しを……」

「キミの性感を高めるためだよ」

ユリアンヌの大きな乳房を軽く揉みながらエレナローラは、その肉感的な唇に軽くキスをしてやる。

「ああ、エルフィスさま、お願いします。また、おちんちんを、おちんちんをください。ああ、これ以上、我慢できません。おちんぽ、エルフィスさまのおちんぽくださ～い」

「まったく、仕方ないな」

ユリアンヌに懇願されたエルフィスことエレナローラは、入口で立ち尽くしていたジリオンに顎で命じる。

「くっ」

ジリオンは抗議の声を上げたくなったが、それをするとユリアンヌに聞こえてしまう。

視覚を塞がれている以上、聴覚は研ぎ澄まされているはずである。

（もしユリアンヌが、この扱いを嫌がっていたら、エレナローラさまに対する忠誠心がなくなっていただろうな）

しかし、こんな酷い扱いをされていてなお、ユリアンヌが喜んでいることは明らかであった。

（愛する男におちんちんを入れてもらえないというのは悲劇だよな）

ユリアンヌの心情を思いやったジリオンは、やむなく一言も発することなく、ズボンを下ろし、逸物を取り出した。

そして、完全調教済みといった感じの少女の口元に差し出す。

亀頭部を肉感的な唇に押し付け、まるでリップスティックででもあるかのようになぞる。

「ああ、エルフィスさまのおちんちん。エルフィスさまのおちんちん、美味しいですぅ」

目隠しをされているユリアンヌは、まるで釣り糸を垂らされたら即座に食いつく魚のように逸物にしゃぶり付いてきた。

（うわ、罪悪感が……）

胸がチクチクと痛むのに、異様な興奮を覚えた。

ユリアンヌは愛する男の逸物と信じ切って、夢中になって男根を啜っている。

ジュルジュルジュル……

それは貪るようなフェラチオだった。

普段、エレナローラに弄ばれているときには、当然ながら男根を与えられない。そのため飢えていたのかもしれない。

（ユリアンヌのやつ、普段は虫も殺さぬような顔していて、おちんちん大好きとか。く〜、たまらん）

まさに男好きのする女というやつだろう。

生まれはよく、顔はかわいく、巨乳で、性格も明るく穏やか。女として幸せになれる条件は完璧に備えた娘だといえる。それがこんな不幸なことになってしまったのは、惚れた相手が悪かったとしかいいようがない。

目隠しをしたまま必死に男根にしゃぶり付いているユリアンヌの顔を見下ろしていると、その下で動く異物に気付いた。

（それにしても、ユリアンヌってばおっぱいでけぇな）

ユリアンヌの乳房は実によく育っている。同世代のエレナローラはもちろん、年上のアーラバロネよりも大きい。

身震いするたびに、プルンプルンと揺れているさまは、まさにミルクタンク。

(あのおっぱいの中には、甘いイチゴミルクのような母乳がパンパンに詰まっているのではないだろうか)

そんな妄想にとらわれたジリオンは、ユリアンヌの口腔《こうこう》から逸物を引き抜くと、その濡れた逸物で乳房を突っついてみた。

プルン
まるでプリンでできているかのようだ。

(く~、この柔らかさ、素晴らしすぎる)

歓喜したジリオンは、いきり立つ逸物を柔らかい肉の谷間に押し入れた。

「あっ、もうエルフィスさまったら……」

自分の乳房に押し付けられたものがなんであるか悟ったのだろう。目隠しされたままユリアンヌは嬉しそうに微笑む。

自分の乳房に、愛する男が興味を持ってくれるというのは、女冥利に尽きるのだろう。

(くっ、かわいい)

幼馴染の女の子のエロかわいさに夢中になったジリオンは、両手で大きな乳房を掴んだ。

そして、左右から押す。

むにっとユリアンヌの唾液で濡れた逸物が、二つの肉山に挟まれた。

(おお、ちんぽが完全に包まれた。でかい。なんという大きさだ)

その光景を見ていたエレナローラは、呆れたように首を横に振るう。

そんな軽蔑した視線を気にする余裕もなく、得難い体験に歓喜したジリオンは、腰を夢中になって動かした。

「あん、エルフィスさま、いつになく激しい」

「ユリアンヌのおっぱいが素晴らしいからだよ」

返事のできぬジリオンに代わって、背後から抱き着いてきたエレナローラが、右耳の後ろ辺りから答えた。

別の場所から声が聞こえたのでは、ユリアンヌに要らぬ疑念を招くと配慮したのだろう。

しかし、おかげでジリオンの背中にエレナローラのぬくもりを感じる。

(ああ、エレナローラさまも、おっぱいないわけではないんだよな)

前門の柔らかな巨乳、後門の硬めの美乳に包まれたジリオンは、温かい柔肉の谷間で射精してしまった。

どぴゅ!!!　ドビュッ!!!　どぴゅ!!!

目隠しをされているユリアンヌの顔に濃厚な白濁液が浴びせられ、そして、胸元に落ちていく。

「あ、熱い……」

ピンクの舌を出したユリアンヌは、唇の周りをペロリと舐める。

「これが、エルフィスさまのザーメン。……美味しい♪」

その光景に、ジリオンはなんともやりきれない気分になる。

（ユリアンヌ、いまキミの舐めたザーメンはぼくのザーメンだ）

そう大声で叫びたくなったジリオンであったが、ぐっと我慢した。

その代わり、ユリアンヌを椅子に拘束していた紐をほどき、床に押し倒すと、射精したばかりなのにまったく萎えることを知らぬ男根をユリアンヌの膣孔にぶち込んだ。

「ああん、エルフィスさまのおちんぽさま、大きい〜」

ユリアンヌは両手両足で、がっちりと抱き着いてくる。

ジリオンの意識からエレナローラの存在は消えてしまい、ただただ夢中になってユリアンヌの裸体を貪った。

（かわいい、かわいいよ、ユリアンヌ。キミのおっぱいもオ〇ンコも最高だ）

心の中で惜しみない賞賛の声を浴びせながら、肉感的な唇を奪い、大きな乳房を揉みしだき、全体にザーメンを馴染ませる。そして、腰が砕けるほどに荒々しく男根を叩き込む。

「あん、あん、あん、あん、激しい、こんな激しく求めてもらえるだなんて、ああ、嬉しい、嬉しいです」

（ああ、そうか。ユリアンヌは愛する男にこういうふうに激しく求められたかったんだ）

そう悟ったジリオンは、目隠し状態のユリアンヌをさまざまな体位で犯した。その間、結合を解くことなく、三回連続で膣内射精した。

「ちゅ、ちゅごい、も、もうわたし、このおちんちんなしでは生きていけませ～～～ん」

抜かずの三発を決められたユリアンヌは、傍目《はため》にもイキっぱなしの状態になっていたようで、全身をピクピクと痙攣させていた。

※

「姫様、本当に何を怒っているんですか？」

ジリオンとエレナローラは、協力してアーラバロネやユリアンヌという王宮を彩る名花を調教して楽しむ、いわば共犯関係だ。

しかし、二人を調教するときには意気投合しているのに、二人っきりとなるとなぜかエレナローラは不機嫌になる。

いつもの秘密の部屋で、女装を整えたところでジリオンが問いただすと、男装姿で椅子に座り、机に頬杖をついたエレナローラは顔をしかめて吐き捨てた。

「べっつに～～～……」

「別にではわかりません。言いたいことがあるのなら、言ってください」

ジリオンに詰め寄られたエレナローラは、頬杖をついたまま視線でジロリと睨む。

「ならば聞く。おまえはわたしのなんだ？」

「……」

ジリオンの答えは決まっていたが、エレナローラが別の答えを期待しているような気がして、返答に窮した。

しかし、いくら考えても最適解が思い浮かばず、やむなく最初に浮かんだ言葉を口にする。

「忠実な臣下でございます」

一礼したジリオンの返答はやはり間違いだったらしい。たちまちエレナローラは柳眉を逆立てる。そして、吐き捨てた。

「犬だろ」

「はい」

「犬なら犬らしく振舞え」

何を求められているかわからず、ジリオンは恐る恐るお伺いを立てる。

「えーと、ワンと鳴けばよろしいのでしょうか？」

戸惑うジリオンに、エレナローラは首を横に振るった。

「犬といえば、バター犬だ」

「バター犬？」

困惑するジリオンに、エレナローラは意地悪そうに口角を吊り上げる。

「舐め犬だ」

言い直したエレナローラは、椅子に座ったまま白いパンツのファスナーを下ろした。

中には一応、女物のショーツが穿かれていた。アンヘルが見立てているのだろう。シルク生地で、セクシーでおしゃれ、それでいて気品を感じられる下着だ。

それを太腿の半ばまで引きずり下ろす。

褐色の肌に、銀色の繊毛の彩る陰阜があらわとなる。

「姫様……!?」

動揺するジリオンに、肘置きに右肘をついた尊大な態度のまま、大股開きとなった。

「舐めよ」

どや顔で、無駄なイケメンポーズである。

ドSな男が、肉奴隷にしている女にフェラチオを命じさせているかのようであった。

これで股間に逸物が隆起していたら、完璧だったのだろうが、銀色に萌える陰毛の向こう側には、肉の亀裂がある。

どんなにイケメンの美男子、お伽噺の王子様のような顔をしていても、女であることは確かだ。

尻の穴まで晒したポーズで、クールに決めている男装の麗人を前に、ジリオンはいささかヒく。

「いや、姫様、それはさすがに……」

「どうした。おまえはオ○ンコを舐めるのが大好きなのだろ。ご主人様のオ○ンコが舐められないというのか」

「はぁ～、承知しました」

大きく溜息をついたジリオンは、大股開きになって椅子に座っているエレナローラの前に正座する。

ちょうど鼻先にエレナローラの秘部がきた。

(エレナローラさまって、ほんと性格は悪いけど、美人なんだよな。オ○ンコも綺麗だ。でも、この鼻にツンとくる甘酸っぱい匂い。これって処女臭だよな。改めて考えてみると、まだ未使用なんだよな。美味しそう。思いっきり舐め回したい。でも、さすがにこれはダメな気がする。姫様は外交の大事なカードだな。国のことを考えたら、その貞操は大事に守られるべきだ)

ジリオンの視線は釘付けとなったが、廷臣としての義務感から動くことができない。

硬直しているジリオンを見下ろして、エレナローラは鼻で笑う。

「何をしてるんだ。おまえはオ○ンコが好きなんだろ」

右腕で頬杖をついたままドヤ顔をしたエレナローラは、左手を下ろすとジリオンの見守る肉裂の左右に人差し指と中指を添えてV字に開いた。

くぱぁ
「っ⁉」

エレナローラの女性の秘密がむき出しになる。

陰核に、尿道口に、膣孔。女性器にあるべきものはあるべき場所にある。いかに男装の麗人であっても、牝ということだろう。

息を呑むジリオンを、エレナローラは得意げな顔で見下ろしつつ、気取った態度のまま質問してくる。

「どうだ？　わたしのオ◯ンコを見た感想は？」

「え、その……綺麗です。とっても」

アンヘルやユリアンヌやアーラバロネのほうが美しいとは言うまい。しかし、飴細工で作られたような造形美は、男を強烈《きょうれつ》に誘惑する。

ヒクヒク……

美しい花弁が痙攣し、花弁全体からジワリと蜜が溢れ出し、それが寄り集まって会陰部から流れて肛門にまで滴った。

（ああ、姫様が濡れている）

高慢なキメ顔とはいささかギャップのある光景であった。

顔と陰部を見比べられたエレナローラは、それでも高慢に口を開く。

「うふふ、感謝しろよ。わたしのオ◯ンコを見たことのある男はおまえだけなんだからな。ほら、ついでだ。処女膜も見せてやろう。見たいのだろ」

膣孔の四方に、左右の人差し指と中指を添えたエレナローラは、ぐいっと開いてみせた。

女の秘穴の奥に、白っぽいものが見える。

同時にジリオンの鼻孔を、ツンと鼻をつく悪臭が襲った。

(ああ、姫様の処女臭が……)

ジリオンは花に誘われる蜂のように、本能的に美しい女性の秘花に顔を近づけると、鼻をクンクンと鳴らして匂いを嗅いでしまった。

「ちょ、そこの匂いを嗅ぐとか……」

「し、失礼しました」

我に返ったジリオンは、慌てて顔を離して土下座した。

「別に、匂いを嗅ぐぐらい構わないが、しかし、その前にオ◯ンコを見せてやったら、舐めるのが礼儀ではないのか?」

「な、舐めていいんですか?」

意外そうな顔をするジリオンに、エレナローラは嚇怒《かくど》と吠えた。

「当たり前だ。わたしだっておまえのおちんちんを何度も舐めてやっているんだから、文句はないだろ」

「はい」

一喝されたジリオンは、改めて上体を起こし、姫様の開いた股の間で正座をすると、蜜の滴る淫花に向かって恐る恐る顔を近づけた。

（ああ、姫様のオ◯ンコ。本当に舐めていいいんだろうか？　いやいや、主君の命令に忠実に従うのが臣下の道）

うだうだと心の中で言い訳しながらもジリオンは、エレナローラの両の太腿の内側に掌を添えて、むき出しになっている陰唇に顔を埋めた。

そして、女の船底を下から上へと舐め上げる。

「あん」

ゾクリ
と震えたエレナローラは、顎を上げて甘い声を上げた。

およそこのわがままお姫様にはふさわしくない声であり、驚いたジリオンは思わず顔を上げてしまった。当の本人も驚いたようで、慌てて表情を整える。

「くっくっくっ、舐め犬にふさわしいな。続けよ」

そこでジリオンは思う存分に、舌を動かした。

ピチャピチャピチャ……

ジリオンの舌は、傲慢なる姫君の肉の船底を隅々まで舐めた。それに合わせて、湧き出る愛液の量も増していく。

「くっ……」

エレナローラは必死に喘ぎ声を噛み殺して、表情を整えているが、下半身は大洪水である。

(うわ、姫様のクリトリス、ビンビンだ)

さすが男装の麗人といったところだろうか。ジリオンが見たことのある陰核の中で、エレナローラの勃起した陰核は、ひときわ大きくなったようだ。

思わずジリオンは陰核を口に含んだ。

「あ、そこは……うぐっ」

陰核を男の口内に吸い上げられ、さらに舌先で嬲られたエレナローラは、甘い嬌声を上げそうになったが、必死に右手の人差し指の第二関節を噛んで耐える。

(姫様って意地っ張りだからな)

どうせなら素直に楽しめばいいのに、と思いながらジリオンは、姫様の包皮を完全に剥き上げてしまった。

そして、口から吐き出す。

唾液に濡れ輝くピンク色の真珠は、空気に触れてプルプルと震えている。

「これが姫様のクリトリス。綺麗ですね」

「いちいち論評するな。舐め犬は舌だけ使っていればいい」

照れ隠しなのだろうか。エレナローラは左手で、ジリオンの後頭部を押さえると、ぐいっと自らの陰部に押し付けた。

「うぷっ」

エレナローラの両足が、ジリオンの頭を挟んで背中に投げ出される。

月の雫のような陰毛を顔面に感じながら、ジリオンの舌は、膣孔に入った。

ズボリ
「うほっ！」

たまらずエレナローラは、鼻の穴を大きく広げてしまう。

ジリオンは舌先に、エレナローラの処女膜を感じた。

それを舌先で破ろうとするかのように舐め穿り、さらには膣孔を広げるように舌を回す。

ジリオンは鼻先で、むき出しの陰核を押しつつ、膣孔に入れた舌を押したり引いたり、回したりと縦横無尽に動かした。

「こ、これちゅごい……気持ちいい♪」

クールビューティを演じていたエレナローラの頬が染まっている。口元もだらしなく緩んで、涎が垂れる。

お伽噺の中から出てきた王子のような顔をしていたエレナローラだが、ついに仮面が剥げた。

「ああああん、わたしのオ◯ンコの中、全部舐められている。気持ちいい、指で触るよりも何倍も気持ちいい、ああ、おまえはわたしのオ◯ンコだけ舐めていればいいんだ。とっても似合う」

牝となった女が、まさにイこうとしたときだった。

ダンダンダン
唐突に階段を荒々しく蹴る音が近づいてきて、扉が開いた。

「姫様」

飛び込んできたのは、黒髪を結い上げ、眼鏡をかけた侍女であった。

「アンヘルっ」

エレナローラは驚き言い訳をしようとしたが、アンヘルのほうは室内の様子を一顧だにしなかった。

いつもの泰然自若とした態度はどこへやら、血相を変えて叫ぶ。

「姫様、すぐに逃亡のご準備を」

「なに？」

「謀反です。ガーフィキー卿が謀反を起こされました」

アンヘルが入室してから、ほとんど間を置かずに、新たなる入室者がやってきた。

※

「これはこれは、華麗なる王子様はこのようなところに隠れておいででしたか」

秘密の小部屋に入ってきたのは、独りではなく、大人数だ。

先頭のいかつい騎士に続いて、前髪をワカメのようにクネクネさせた男が姿を現す。

「何事だ。ガーフィキー卿」

椅子に座ったままエレナローラは悠然と応じる。

辛うじてズボンは穿いたエレナローラの誰何《すいか》を無視して、室内をざっと見渡したガーフィキーは、従えてきた騎士たちに命じる。

「このような隠し部屋があったのか。エレナローラ姫がいるはずだ。捜せ！」

五人あまりの騎士たちが、室内を物色する。

「どこにもおりません」

「くっ、ここにもおらぬか」

おらぬも何も、目の前にいるのだが、どうやら彼らは皆エルフィスとエレナローラが同一人物とは夢にも思っていないようである。

エレナローラは話にならんと言いたげに、鼻で息を吐きながら、肩を竦めてみせた。

代わってジリオンが口を開く。

「ガーフィキー卿。なんの真似ですか。ここは恐れ多くもシャニュイ王国第一王女エレナローラさまの私室ですよ。礼儀を弁えなさい」

侮りの表情を浮かべたガーフィキーは右手で、ジリオンの顎を摘まんだ。

「勇ましいな。ますます惚れてしまう」

「くっ……」

至近距離から瞳を見つめられて、ジリオンは顔を背ける。

同性に惚れられるというのは、ゾワリと肌が粟立つような悪寒を覚えるのだ。

しかし、ガーフィキーは無理やり視界に顔を入れてくる。

「あなたがどこの国の姫君かは知らないが、礼儀がなっていないな。王に対する言葉使いというものがあろう」

「王?」

「そう。わたしこそ、この国の王だ」

ガーフィキーの主張に、ジリオンは瞬きをする。

「あなたは何を言っているのですか?」

「本来、この土地はサマルランサ王国のものだ。シャニュイ王国などという国名はまやかしに過ぎん。もうすぐ、この国は俺のものになる。いや、取り戻す。父の無念を晴らすのだ」

「あ、あなたは二十年前の恩を仇で返そうというのですか？」

ガーフィキーは、サマルランサ王国の王太子ギュスターの嫡子だ。本来ならば、王朝が亡びたところで処刑されてもおかしくない立場であったのだ。それを国王エリックと王妃ギネヴァの情けによって、一命を助けられたどころか大貴族として遇されているのだ。

エレナローラが嘲笑を上げる。

「バカだバカだとは思っていたが、まさかいまさらサマルランサ王国の再興を夢見る阿呆だったとはな」

「不可能ではないさ。あのエリックがやったことをそのまま仕返ししてやるまでだ」

「……？」

戸惑う一同に、ガーフィキーは両手を広げて情熱的に宣言する。

「エレナローラ姫をわが妻とする。あの綺麗なだけのお人形だ。いくらでもやりようがある」

思わずジリオンとアンヘルは、エレナローラの顔を見た。

身近でエレナローラを見ているとつい忘れてしまうが、一般の人々には深窓の令嬢として通っているのである。

側近たちの困惑を他所に、エレナローラは何やら合点がいったという顔で頷く。

「ふむ、わかったぞ。以前、ユリアンヌが暴漢に襲われたが、あの事件の黒幕はキミだったというわけか」

「察しがいいな。ユリアンヌの家を味方にしようとしたんだ。それがおまえの登場ですべてが台無しだ」

単なる野盗の仕業だと思っていたジリオンは、本気で驚いた。

つまり、ガーフィキーの謀反の計画とは、ユリアンヌを肉体的に篭絡してしまおうというものだったのだろう。

「なんて卑劣な」

自分がユリアンヌにやっていることを忘れて、ジリオンは男として許せないと思った。

「よいなその目。気の強い女は嫌いではない。貴様も、そこのモヤシ野郎の肉便器なのだろ」

「え」

「そのスケコマシ野郎は、エレナローラ姫の婚約者なのだろ。それなのに純真無垢なユリアンヌ姫を毒牙にかけただけではなく、わたしの妹アーラバロネまで弄んでいる。わたしに乗り換えろ、悪いようにはしない」

誰が純真無垢だって？　ジリオンは状況を横に置いておいて、ツッコミたくなるのを必死に我慢した。

どうやら、謎の男エルフィスの正体は、エレナローラの婚約者ということで落ち着いてしまっていたらしい。

そして、そのエルフィスはとんでもないスケコマシ。

(これは間違っていないかもしれない)

ジリオンがそんなことを考えていると、ガーフィキーはジリオンを床に押し倒した。

「きゃっ」

女装しているときの癖で、ジリオンはかわいらしい悲鳴を上げてしまった。

「意趣返しだ。貴様の女を寝取ってやろう」

「え、えええ!?」

驚いているうちに、ジリオンはスカートをめくられた。

「いやぁぁぁぁぁぁぁぁぁ」

貞操の危機にジリオンは必死に逃げようとする。それをガーフィキーは力ずくで押さえ付けた。

取り巻きの騎士たちは、主人の悪ふざけをニタニタした顔で見守る。

「よいではないか、よいではないか。国王の女になれるのだ。悪いことではあるまい。今宵、サマルランサ王国は復活する。その前祝だ」

ジリオンはアンヘルの用意したズロースを穿いていた。女物の下着である。パンティだと逸物が圧迫されてしまうからだ。

それを奪われる。

「っ⁉」

あらわとなった美少女の股間を見て、ガーフィキーは硬直した。いや、見守っていた武装した騎士たちもだ。

「え……と、この見慣れたものは……」

惚れた女の股間にあった謎の物体を見たガーフィキーは、とっさに理解できなかったのだろう。困惑顔で小首を傾げる。

ジリオンの逸物は、先ほどエレナローラにクンニをしていた余韻で芯が入ったままであり、この緊迫した状況でなお大きかった。

その謎の物体に向かって、ガーフィキーは右手の指でツンと突っついた。

「キャッ」

男に逸物を触れられるという堪え難い不快感に、ジリオンは悲鳴を上げる。

そして、その光景を不思議そうに見ていたガーフィキーはようやく理解したようである。

震えながら指を差してくる。

「お、おま、おまえおまえ、男っ⁉」

惚れていた女が、実は男だったという事態にガーフィキーは混乱して叫ぶ。

そして、取り巻きの騎士たちも、ジリオンの股間を見て一人残らず硬直してしまっていた。

　その真っ白に硬直した空気の中、動いた人がいる。

「汚い尻を見せるな！」

　一声と同時に、エレナローラの右足が、突き出されていたガーフィキーの尻を下から蹴り上げたのだ。

　ブチン
「グギャアアアアアアアアア!!」

　金玉を蹴り潰された男は、意味不明な悲鳴とともに泡を噴いて失神した。

（うわ、エグ）

　貞操の危機にあったジリオンは、スカートを直しながら男として同情した。

　同性なら絶対にできないだろう荒業である。

　どんなに男装の似合う麗人であっても、金玉を蹴り潰されたときの男の苦痛というのは理解できないものらしい。

　同時に虚を衝かれたガーフィキーの護衛の騎士たちは、アンヘルによって無力化されていた。

「ひ、姫様、助かりました」

　ジリオンがお礼を言うと、エレナローラは両手でジリオンを横抱きに持ち上げた。

俗にいうお姫様抱っこである。

男と女が逆だが、エレナローラは男装だし、ジリオンは女装だから、一見、正しい光景である。

「アンヘル、その謀反人たちをお父様のところへ連れていけ」

「承知しました」

アンヘルは礼儀正しく一礼する。

こうして、謀反は終わった。

「では、続きはわたしの部屋でするとしよう」

ジリオンをお姫様抱っこしたエレナローラは颯爽と立ち去った。

※

捕らわれのお姫様を救う王子様。まるでサーガのクライマックスのようである。問題はお姫様が男で、王子様が女ということだろう。

演劇ならば、感激のフィナーレを迎えた。

しかし、事はそれで終わらなかった。

男装の麗人の腕の中で運ばれながら、ジリオンは戸惑う。

「あ、あの姫様……」

「……」

返事をすることなくエレナローラは、隠し通路を進む。

やがてエレナローラの部屋に入った。

そして、ここまで運んできた大きな荷物を、寝台の上に放り投げる。

「きゃっ」

女っぽい悲鳴を上げるジリオンを前に、エレナローラは服を脱ぎだした。

男装をすべて脱ぎ捨てると、大きすぎないが形のいい乳房があらわとなる。

そして、ズボンとショーツも躊躇いなく脱いだ。濡れた陰毛が銀色の炎のように逆立っていた。

「な、何をするつもりですか？」

「つまらん邪魔が入ったが、もう我慢できん。セックスするぞ」

素っ裸となったお姫様は、寝台に飛び乗ってくる。

「そ、それはダメ、ダメですって。陛下に処刑されます」

怯えたジリオンは必死に距離を取ろうとするが、足首を持って引き寄せられた。

「いいではないか。減るものではなし。往生際が悪い。いまさら何を言っているんだ。貴様は、わたしのおっぱいを揉みまくり、乳首を吸いまくり、オ〇ンコを隅々まで観察し、クリトリスや処女膜の果てまで舐めまくったのだぞ」

「いや、それはあくまでもご奉仕であって、セックスとなると話が違ってくる……」

女装した男の主張に、素っ裸のお姫様は苛立《いらだ》たしげに鼻を鳴らす。

「ほんとお前は女の腐ったみたいな性根をしているな。覚悟を決めろ。わたしの処女をくれてやると言っているのだ。ありがたがって、感涙にむせたらどうだ」

エレナローラは両手で、ジリオンの両足首をそれぞれの手に持って持ち上げた。

下半身を高くかざした形になったため、スカートはめくれて、男の股間があらわとなる。

下着は先ほどガーフィキーに奪われてしまっていたのだ。

「くっくっくっ、なんだかんだ言っている割には身体は正直だな。もうビンビンになっている」

舌なめずりをしたエレナローラは、いきり立つ逸物の上に跨がってくる。

男根の切っ先が、女性の亀裂に添えられた。

「ひぃぃぃ」

亀頭部が狭間に沈み、膣孔を捕らえた。熱い蜜が、肉棒に滴ってくる。

ヌルリと亀頭部が穴に沈み、先端に処女膜を感じる。あと一押しで破れる。現在のシャニュイ王国でもっとも尊いお方の処女膜が、ジリオンの逸物で突破されようとしているのだ。

「あ、やめて、それだけは、それだけはダメぇぇぇぇ」

「ええい、五月蠅い。おまえはわたしのものだ。よって、おまえのおちんちんもわたしのものなのだ。ふんっ！」

気合いの声とともに、エレナローラは腰を落とした。

ブツン！

確かに処女膜を破った感触に続いて、あとは一気に沈んだ。そして、亀頭部が何かを捕らえた。

女の最深部、子宮口にまで届いたのだ。

「あ、あぁ……」

自分の逸物が、エレナローラの体内に完全に呑み込まれてしまったのだ。その光景を見上げてジリオンは恐れ多くて悶絶した。

「くっ」

顔をしかめたエレナローラの噛みしめた唇の左端から涎が溢れ、顎にまで滴った。そのことに本人も気付いていないようである。

「大丈夫ですか？」

「さ、さすがに少し痛い……」

天の邪鬼な性格のこのお姫様が素直に認めたということは、どうやら本当に痛かったようだ。赤い瞳が涙目になっている。

「だから、やめましょうと言ったんですよ。すぐに抜いてください」

ジリオンの言葉を、エレナローラは頬を引きつらせながらも言下に却下する。

「構わん。それよりもどうだ、わたしのオ〇ンコは。気持ちいいだろ？」

「は、はい。とても……気持ちいいです」

この状況ではそう答える以外の選択肢はない。

破瓜中の膣孔ならではの、ギチギチの肉襞に逸物を絞め殺されそうになりながら、ジリオンは頷く。

「くっくっくっ、そうだろう。そうだろう」

満足げに笑ったエレナローラは、両手に男の足首を持ったまま、腰をリズミカルに動かし始めた。

「嫌だ嫌だと言っていても、おまえはわたしに逆らえないのだ。ほら、身体は正直だな。おちんちんがびっくんびっくんいっているぞ」

「いや～、やめて～」

女装したジリオンが、男装したエレナローラに、逆正常位で犯されているのだ。

(なにこの倒錯した快感)

ジリオンの初体験もまた、アンヘルによる逆レイプであった。

男としてのプライドを木っ端微塵《みじん》にされる体験であったが、それに勝るとも劣らぬ体験だ。

「どうした。嫌がっている割にずいぶんと気持ちよさそうだぞ。ほら、認めてしまえ、わたしのオ〇ンコに入れて幸せだと、わたしの処女を食えて嬉しいと、わたしのオ〇ンコが最高だと」

ザラザラの膣洞に逸物を扱かれる。

(き、きつい。さすが姫様、膣圧もハンパない。でも、ちょっとずつ濡れてきて、気持ちいい。どんどん気持ちよくなる)

当初こそ、ギッチギチで、まるで異物を絞め殺し、粉砕しようとしているかのようだったが、女体の防衛反応だろうか。

時間とともにしっとり濡れて、ザラザラの猫の舌のような襞肉が肉棒に絡み付いてくる。

悶絶するジリオンに、痛みに顔を引きつらせながらもエレナローラは余裕を演じた顔で質問してくる。

「これか、これがいいのか？　ほら、おまえのおちんちんがわたしの子宮に届いているぞ」

「ひぃ、いい、いいです。姫様のオ〇ンコ、最高に気持ちいいです」

男がついに堕ちたことを察して、エレナローラは満足げに頷く。

「そうそう、おまえはわたしのオ〇ンコの中に入っているのが最高に似合っている。ほら、ほら、ほら」

ジリオンの両足を持ち、二つの美乳を大きく揺らしながらエレナローラは夢中になって腰を使った。

亀頭が子宮口にガツンガツンとぶつかる。

「あ、おちんちんがわたしの腹の中でビクビクいっている。これは……気持ちいい」

「ああ、姫様、もう、ダメ、です」

ジリオンの断末魔の声に、エレナローラは赤い舌を出し、ペロリと唇の周りを舐めた。

「なるほど、そろそろあの白くて臭いザーメンを出すというわけか。いいぞ、わたしのオ○ンコの中に出せ」

「いや、さすがにそれは、それだけはダメです」

セックスまではまだごまかせるかもしれない。しかし、妊娠させたら最後、絶対にごまかすことはできない。

国王にバレて処刑である。

ジリオンは文字通り、死ぬ気で射精を我慢した。

しかし、そんな男の最後の抵抗を嘲笑うかのように、エレナローラは踊るように腰を使う。

「さぁ、出せ。おまえの精液をわたしのオ○ンコの中に出せ。いっぱい出すんだ。他の女に出したときよりいっぱいだ。わたしを妊娠させるつもりで出せ」

必死に射精を我慢するジリオンの両足を持ったエレナローラは、美しい双乳を上下にはねさせながら鬼のように腰を振るう。

ズコッ！　ズコッ！　ズコッ！

「ひっ、ひっ、ひひ……ああ、そんなに激しくされたら、も、もう、ダメ～～」

男が断末魔の声を漏らしたのと前後して、逸物も断末魔の痙攣を起こす。まさにそのときだった。

「エレナローラ、無事か！」

扉が蹴破られるようにして、シャニュイ王国の国王エリックが自ら剣を持って飛び込んできた。

エレナローラは驚いて、顔を上げる。

父と娘の双眸《そうぼう》が正対した。

「あ、お父様……」

「エレナローラ……」

目に入れても痛くない愛娘が、男の上に跨がり、その両足を両手に持ち、双乳を振り乱して腰を使っていたのだ。

「お兄様がとんだご無礼を」

「エルフィスさまご無事ですか」

国王に続いてアーラバロネとユリアンヌも顔を出した。

二人とも室内の光景を前に立ち尽くす。

最後に顔を覗かせたアンヘルは、「あちゃ～」といった表情で額を押さえる。

父娘が呆然と互いの顔を見つめ合うさまを、ジリオンは仰向けに認めたが、止まれなかった。

「あ、陛下……」

というのも、父親の姿を見とがめて驚いたエレナローラの膣孔が、一段と締まったのだ。

ズルリ……

ヌルヌルとした液体のかかったザラザラの襞肉によって亀頭部を扱かれ、いや、揉まれた。

「あっ」

恐懼する心とは裏腹に、肉棒は欲望のままにはっちゃけた。

ドビュッ！　ドビュッ！　ドビュッ！

「うほっ、入ってくる。熱い、ザーメンがわたしのオ〇ンコに溢れかえる……」

初めての膣内射精の感覚に、エレナローラは陶然と目を細めた。

絶頂まではいかなくとも、膣内射精されるのは牝としての本能的な気持ちよさがあるのだろう。

クールで近づき難い、凛々しかったお姫様は、鼻の下を伸ばし、上唇を突き出し、二つの眼球を上に裏返す、かつて見せたことのないアへ顔になってしまった。

「……快感♪」

すべてを出し切った男根が強度を失うのに伴い、エレナローラは仰向けにゴロリと倒れた。大股開きのままである。

すなわち、直前まで男根を咥えていた女の穴が上を向き、赤い液体の混じった白濁液を噴水のように噴き出した。

「……」

かつてユリアンヌの破瓜の瞬間を見たいなどと、ゲスいことを言っていたお姫様は、実の父親に破瓜の瞬間を見られるという、より恥ずかしい体験をしてしまったのだった。

近寄り難いほどの美人で、清楚で気位が高く、人見知りが激しい。そんなかわいい姫君だと信じていた愛娘の破瓜。

愛娘を傷物にされてしまった動かぬ証拠を見てしまったエリックは、震える手で剣を振りかざした。

「き、貴様。処刑だ――――！」

しかし、王剣が振り下ろされることはなく、英明で知られた国王はそのまま卒倒してしまった。

第六章　結婚は人生の墓場

「ガーフィキーの反乱の裁判を行う」

謀反事件そのものは、呆気なく終わった。未発といっていいようなレベルで終わった騒動であったが、国家転覆罪は、どんな国家においてももっとも重い罪の一つだ。ましてそれを行ったのが先王国の正統な継嗣とあっては、決して有耶無耶にはできない。

国王エリックの臨席の下、神前裁判が行われることになった。

この事件の重要参考人として、ジリオンは出席させられる。

会場を見渡せば、当然ながら、事件の容疑者であるガーフィキーの姿があった。しかしながら、被告人席に座らされた彼には、先日までの覇気はなく、すっかり惚けてしまっている。

（いろいろとショックだったんだろうな）

とジリオンとしては、同情したい気分になる。

貴賓席に鎮座した国王の両脇には、両妃と呼ばれるギネヴァとイリーシャの姿もあった。

ギネヴァは、先王国サマルランサの姫君で、ガーフィキーの叔母。イリーシャは先々王国ガルシャールの姫君で、エレナローラの生母だ。イリーシャの傍らには、白いドレス姿で深窓の令嬢然とした猫をかぶったエレナローラの姿もあった。

傍聴席に目をやると、アーラバロネやユリアンヌもいる。

アーラバロネの表情は硬い。実の兄の裁判である。緊張するなというほうが無理であろう。

そんな中、裁判官が開廷の木槌《きづち》を鳴らした。それを受けて、まず事件の調査を行った役人が、淡々と報告書を読み上げる。

「事の発端は、先日来、王女エレナローラさまのもとに、エルフィス、ジークルーネというご友人が滞在していたことにあります。そして、ガーフィキーは、そのジークルーネなる女人に懸想いたしました」

「ふむ、エレナローラの友人か、寡聞にして知らぬな」

国王のご下問に、検事役の役人が答える。

「ご存じなくて当然です。このジークルーネなる女性は存在いたしません。なぜなら、この女人は、ジリオン卿の変装した姿だからです」

「なに」

裁判室内の人々の視線が、一斉にジリオンに集まる。

「……」

ジリオンはどのような表情をしていいかわからず、硬直したまま頬を赤らめる。

「ふむ、かわいい顔をしているとは思ったが、女装趣味があったのか」

国王の質問に、慌てたジリオンは両手を前に出して必死に首を横に振るった。

「いえ、決してそのようなことはございません……」

ジリオンは助けを求めるように、壇上のエレナローラの顔を見た。しかし、深窓の令嬢然としたお姫様は端然と無視を決め込んでいる。

しかし、彼女もまた渦中の人であった。役人は報告を続ける。

「そして、エルフィスというのが、エレナローラさまの変装した姿だったのです」

「えっ」

観客席でユリアンヌが頓狂な声を張り上げた。

国王も疑義を挟む。

「いや、待て。なぜエレナローラが男装していたのか？」

人々の視線が一斉に、貴賓席の姫君に集まる。

「……」

エレナローラは白を切ろうとしたのか、視線を伏せて押し黙る。

そこに役人が証拠を突き出す。

「姫様の部屋からこのようなものが見つかりました」

男装と羽根帽子。特に羽根帽子は謎の美青年のトレードマークのような衣装である。

ザワザワザワ……

ここに至ってエレナローラも観念したのだろう。ざわつく聴衆に向かって頭を下げる。

「ほんの遊び心でございました。しかしながら、諸人を欺くような結果になってしまい、誠に申し訳ありません」

その嫋《たお》やかなる姿に、罪悪感を覚えたのか役人は慌ててフォローを試みる。

「姫様もストレスがあったのでしょう。一時の解放感を求めての仕儀と推察いたしまする。決して姫様が非難されるようなことをしたわけではございません」

姫様が男装してはいけないという法があるわけではないのだ。騙された人々は不快であったろうが、実害を受けなかった者たちからみれば、かわいい悪戯に巻き込まれたと笑って片付けてもいいだろう。

しかし、明らかに実害を受けた者はいた。

「エルフィスさまが女で、正体がエレナローラさま……」

裁判を傍聴していたユリアンヌは、あまりの真実に貧血を起こして倒れた。

愛する男に貞操を捧げていたと思ったら、女に弄ばれていたのだ。会場から運び出されていく幼馴染の少女を目で追いながら、ジリオンの胸は罪悪感でチクチクと痛んだ。

(うわ〜、あとでなんて言って謝ろう)

一方で、アーラバロネは右手の親指を口に含んで、ジリオンの顔をじっと見つめている。

（アーラバロネさまにも恨まれているよなぁ）

正体不明の女装男子として、アーラバロネを玩具にしてきたジリオンは、どういう表情をしていいかわからない。

もっとも、アーラバロネの心の中は、自分を犯していた謎の男女の正体よりも、兄の裁判の行方のほうが大きな比重を占めているのだろう。

ざわつく会場の中にあって、咳払いをした役人は続ける。

「このエレナローラ姫とジリオン卿の遊びに、宮廷の者どもは大いに惑わされました。ガーフィキーは、ジークルーネの正体を知らぬままに熱を上げた。その挙句に、エルフィスなる謎の男が恋敵に思え、さらには姫様まで手籠めにしているという妄想に取りつかれて、この女の敵を討ち取るために、王城に兵を率いて押し入った、というのがこの謀反事件の真相です」

「……」

会場にはなんともいえない空気が流れた。

皆が、事件の当事者である、ガーフィキー、エレナローラ、ジリオンたちの顔を交互に見やる。

やがて国王が呆れたように口を開いた。

「つまり、ガーフィキーは男を女と間違って惚れた挙句に、女を男と間違って恋敵と思い定めて、兵を王城に入れたと申すのか」

「ぷっ……ぷぷぷぷ」

会場中には抑え切れない失笑が漏れた。

古今数多《あまた》ある国家には、星の数ほどの謀反事件はあっただろうが、これほどくだらない理由で起こされたことはそうそうないだろう。

一通りの顚末が知らされたところで、国王の妃の一人ギネヴァが椅子から下りて跪いた。

「我が甥の不始末、許されることではございませんが、ご報告の通り、陛下に兵を向けようとしたのではなく、浅慮《せんりょ》の果ての愚挙。本人的には奸臣誅殺の挙に出ようとしたまでのこと。どうか死一等だけでも減じていただきたい」

国王は、妻の肩を抱いて立たせた。

「ああ、サマルランサ家の直系を絶やすことは余の本意にあらず。しかしながら、ガーフィキーは、先祖の英名を担う器量に能わず。廃嫡を申し付ける。家門は妹のアーラバロネに継がせる」

「陛下の寛大なる処分、感謝の言葉もございません。アーラバロネ、あなたからもお礼を言いなさい」

叔母に促されたアーラバロネは、さすがに緊張に顔を硬くしながらも優雅に頭を垂れた。

「はい。兄の汚名を返上するため、これから励みます」

シャニュイ王国は、旧サマルランサ王国の廷臣を多く抱えている。

こんな冗談のような事件で、その大派閥を潰して、内外に無用な混乱は起こしたくない。

この辺りが妥当だろうと、皆納得した。

こうして裁判の幕引きが図られようとしたとき、エリックは厳《おごそ》かに口を開く。

「では、本題だ。ジリオンは死刑」

「……。はぁ?」

廷臣一同は、名君と呼ばれる主君の発した簡潔な言葉の意味がわからなかった。

誰もが聞き間違いだと思い、耳から入った言葉を脳裏で反芻《はんすう》する。しばし経った後で裁判官が質問した。

「失礼。陛下。よく聞き取れませんでした。今一度、お言葉をお願いいたします」

エリックは、まったく表情を変えることなく再び口を開いた。

「ふむ、聞こえなかったか。では改めて申し付ける。ジリオンは処刑」

「……」

辺りにはなんともいえない沈黙が流れた。

今度は聞き間違いではない。そう悟った廷臣たちは、互いの顔を窺う。

「……」

ジリオンも意味がわからず、全身から脂汗を流して硬直している。

ややあって裁判官が改めて口を開く。

「ジリオン卿は、今回の謀反の被害者です。そして、事件鎮圧に功がありました。謀反に加担していたという証拠はありませんが……」

「そやつは不埒にも、わが愛娘に手を出したのだ。処刑以外にあり得ぬ。処刑！　処刑！　処刑――――っ！　ジリオンだけはぜった――――いに処刑――――っ！」

国家の最高権力者が、ジリオンを指差して、口角に唾を飛ばしながら断罪してくるのだ。

未熟な少年は、青ざめた顔で立ち尽くすことしかできない。

家臣、国民に名君として慕われている国王は、さらにヒートアップしている。

「いや、処刑だけでは生ぬるい。車裂きにしよう。いや、もっと残虐に、この世でもっとも残虐な処刑方法を。そうだ、指を一本一本切り落とし、目玉をくりぬき、生きたまま腸《はらわた》を引きずり出し、あの不埒な陰茎を切り落として鳥の餌に……」

取り乱す国王の傍らにあった王妃イリーシャは、無言のまま戦鎌を取り出すと、その柄で夫の後頭部を上から下へと張り飛ばした。

ドカ！

国でもっとも尊い存在が椅子から転がり落ちる。

あまりといえばあまりの光景に、その場にいた廷臣一同は、目を剥いて硬直した。

（あれ、死んだんじゃね）

　そう思ったのはジリオンだけではないだろう。

　しかし、さすがは建国の英雄王は強かった。頭を押さえて立ち上がると、涙を流しながら年上の妻に向かって食ってかかる。

「いつー、国王の頭をはたくとか何事だ。国王としての権威が！」

「五月蠅い黙れ」

　イリーシャは相手にしてられぬという顔で吐き捨てた。

「謀反を起こした者が隠居処分で、巻き込まれた者が処刑というのは道理に合わないだろ」

「いやでも、エレナローラに手を出すなんて、極刑以外ないから！　謀反なんかより絶対に罪が重いし」

「はぁ〜〜〜〜」

　涙ながらに叫んでくる夫を前に、イリーシャは盛大に溜息をつく。それから傍らの娘を横目で見た。

「エルフィスとジークルーネと名乗る不審な輩が王宮を出入りしているという情報はあたしのところにも届いていた。それがおまえらだったとはね」

　エレナローラは悪びれずに頷く。

「ふむ、ちょっとした冒険だった」

「まぁ、それで、その坊やとの冒険は楽しかったかい」

「うん、楽しかった」

娘の返答に、王妃は満足げに頷く。

それから、姫様付きの侍女に声をかける。

「アンヘル。エレナローラとルグランジュの跡取り息子は、いつぐらいから乳繰り合っていたんだい」

眼鏡をかけた侍女は端然と応じる。

「春からでございます。もう傍で見ていて、いつ妊娠してしまうかと心配でなりませんでした」

エリックは絶叫したが、鼻先に戦鎌の柄を押し付けられて押し黙る。

「なぜ止めなかった！」

脚を組んだイリーシャは楽しげに娘に語りかける。

「ふっふっふっ、自分の男は自分で見つけてきたか。わかった。ルグランジュの息子との結婚を認めてやろう」

「っ」

傍聴席のジリオンは目を剥く。

貴賓席のエレナローラは、端然と頷いた。

「感謝する」

「いっ⁉」

まさかエレナローラがあっさりと承知するとは思わず、ジリオンは激しく動揺した。

しかし、事の成り行きを見守っていた廷臣たちは、歓声とともに拍手する。

「うおおお」

「おめでとうございます」

別に次期国王候補というわけではない。王太子はほかにいる。

その意味で王女の結婚相手は、本人が納得しているのなら、他人がとやかく言う問題ではない。

王女の降嫁する相手として、年齢的にも、家の格でいっても、ちょうどいいと判断されたのだ。

皆の祝辞が述べられる中、独り血相を変えて反対の声を上げたものがいる。

「なっ、なな、何を血迷ったことを言っているんだ、おまえは！　エレナローラが、け、結婚だなんて、早い。絶対に早い！　断じて早い！　許さん！　わしは絶対に許さんぞ！」

「喧しい！」

イリーシャは再び、夫の頭を戦鎌の柄で殴った。

「ぐぁ」

刃がないとはいえ、鉄の棒だ。そんなもので頭を叩かれたら、めちゃくちゃ痛いはずだ。

尊敬する国王のあまりといえばあまりの扱いに絶句しているジリオンに、恐ろしい王妃は確認を取る。

「ルグランジュの跡取り息子も、異存はないな」

「い、あ、はい」

断ったら、死ぬ。そういう有無を言わせぬプレッシャーを感じたジリオンは頷くしかなかった。

そこに頭から血を流して、顔を紅に染めた国王が叫ぶ。

「異議あり！　余は認めぬぞ！　エレナローラは、十七歳だぞ。十七歳。十七歳で結婚なんて早すぎる」

「十七歳の頃のおまえは、あたしのおっぱいに一日中しゃぶり付いていただろ」

「いや、おまえと違って、エレナローラは純粋で天使のような……」

バコーン！

無言のまま三度、イリーシャは夫の頭を戦鎌の柄でぶん殴った。

「キュ――――……ッ」

今度は前の二度よりもいい具合に入ったようで、国王陛下は白目を剥いて倒れた。

（やめてあげて。国王死ぬ。死んじゃうから）

ジリオンは心配でオロオロするが、イリーシャは夫の容体など無視して娘に声をかける。

「結婚式の日取りとかはおいおい決めてやる。ああ、こいつのことは心配するな。孫ができたら、嫌でも受け入れるさ」

「さすが母上。仰《おお》せのままに従います」

母親のアドバイスに感嘆したエレナローラは優雅に一礼すると、貴賓席から軽やかに飛び降りた。

「ひ、姫様」

「ジリオン、いくぞ」

母親公認の婚約者の手を取ったエレナローラは、颯爽と裁判所を飛び出した。

かくして、ピクピク痙攣している国王の意思は無視されて、法廷はお開きとなった。

※
「婚約、おめでとうございます」

裁判所を出たジリオンは、エレナローラに手を引かれたまま王宮内を疾走すると、王女様の私室の扉を表から堂々とくぐった。

何度も入った部屋ではあるが、いつも隠し通路からこっそりと侵入していたのだ。

そのため、いささか新鮮な気分がしないでもない。

室内では侍女長アンヘルを筆頭に、多くの姫様付きの侍女が出迎えてくれた。

男を引き連れたお姫様は、悪びれずに堂々と宣言する。

「母上の仰せである。父上を説得するために子作りをするぞ」

「いっ」

裁判所での母娘のやり取りから、そういうことになったのだろうとは承知はしていたが、まさか側近たちに向かって、こうもあからさまに宣言するとは思っておらず、ジリオンは硬直する。

しかし、アンヘルは驚く様子もなく礼儀正しく一礼する。

「承っております。まずは風呂にゆっくりとお入りになり、身体を温めることから始めるとよろしいでしょう。血行がよくなれば、身体の感度も高まり、より深くまぐわいが楽しめます」

「ふむ、そういうものか？」

エレナローラは軽く目を瞠る。

「はい。実はすでに風呂の準備は整っております」

アンヘルが指し示した場所には、簡易な湯船が置かれ、湯が張られていた。

「ふむ、手回しがいいな」

「姫様のことを思い動くのが侍女の務めというものでございます」

「ならば、さっそくいただこう」

エレナローラが軽く両手を広げると、ただちに侍女たちがまとわりつき、ドレスを脱がす。

下着も脱がされて、すっぽんぽんとなった。

「……」

いつ見てもスレンダーな美しい身体だ。うっすらと日焼けした身体は、しなやかであり野生の女豹のようである。

いまさらエレナローラの裸を見たからといって慌てるような仲ではないつもりであったが、こうも恥じらいなく振舞われるとなんとも微妙な気分になる。

そんな男心など我関せずと、エレナローラは湯船に入った。そして、ジリオンを手招く。

「何をしている。おまえもこい」

「あ、はい……」

ジリオンが返事をすると、部屋に控えていた侍女たちが、ジリオンのもとに歩み寄ってきた。

「お衣装をちょうだいいたします」

あっという間にジリオンも素っ裸にされてしまった。

周囲の侍女たちの視線が、股間に集まっている気がして、ジリオンは慌てて両手で股間を隠す。

そのまま立っていてもさらし者になるだけだ。ジリオンはエレナローラのいる湯船に入った。

簡易な湯船であったから、広くはなく、湯の中で互いの膝がくっついてしまう。

「失礼します」

侍女たちが二人の間の湯の上に、花を浮かせた。

よい香りが辺りに漂う。

エレナローラの形のいい乳房は、湯に浮かんでいる。湯の中では銀色の陰毛がゆらゆらと揺れていた。

「……」

至近距離からエレナローラが、じっとジリオンの顔を見つめてくる。

(き、気まずい)

ジリオンはいままで、さんざんにエレナローラの裸を見て、乳房を揉み、乳首を吸い、クンニをしてきた。

そして、先日はついにセックスまでしてしまった仲だ。

いまさらお互い裸になって、同じ風呂に入ったからといって慌てるような関係ではない。

(でも、いつも人目を忍んでやっていたのに、堂々とエッチなことをしていいというのは、なんというか、不思議な気分だな)

人目を忍んで互いの身体を貪ったときには、ものすごく興奮したのだが、いまはなぜか食指が動かない。

綺麗だと思うのだが、なぜか性的興奮を刺激されなかったジリオンは、戸惑いながら口を開く。

「姫様、本気ですか。子作りって」

エレナローラは、風呂の縁に右肘をかけると頬杖をついた。

「当然だ。おまえは父上に処刑されたいのか？」

「いえ」

自殺願望はまったくないジリオンは首を横に振るった。

「ならば、とっととわたしを妊娠させて、既成事実を作るしかあるまい」

ジリオンが乗り気でないことが、エレナローラに伝わってしまったようである。

実際問題として、男のその気というのは非常にわかりやすい。

湯の中でジリオンの逸物がしぼんでいたのだ。エレナローラの前でジリオンの逸物が、こんなにしぼんでいたのは初めてである。

それゆえにエレナローラも、戸惑っていたのだ。

「どうした？　ほら、いつものようにわたしのおっぱいに貪りついてくればいいだろう」

「いや、その、でも……」

「おまえらしくないな。いつもわたしのおっぱいを見ただけで、目の色を変えて、おちんちんを浅ましくおったてるというのに。ほら、遠慮するな。このおっぱいはもうおまえのものだぞ」

湯の中でジリオンの両足首を持ったエレナローラは、それぞれの足の裏を自らの乳房に押し当ててきた。

ぷるん♪

「っ⁉」

男装が違和感なくできる程度の乳房である。決して大きいわけではない。しかし、ないわけではなかった。

女性の象徴たる乳房。その神聖なものを足の裏で踏むことは申し訳ない気分になる。

「ひ、姫様、そんなこと恐れ多いです」

それでもエレナローラは、強引にジリオンの足の裏で自らの乳房を踏み揉ませていたが、いつまで経っても逸物が大きくならないことに、少しずつ苛立ってきた。

「なぜおちんちんが勃たない。いつもは猿も恥じらう勢いでおちんちんをおったてまくっていたおまえが、これからはいくらでもやっていいという段になって勃たぬとは何事だ」

「なぜって言われても……」

自分でもわからない。

理性で考えれば、いま勃起しない理由がないのだ。

そんな気まずい雰囲気になっている男女のもとに、侍女長が進み出た。

「恐れながら姫様。差し出口をさせていただいてよろしいですか？」

「……」

「……。許す」

自分が苛立っていることを悟られるのが嫌だったのだろう。エレナローラはイラッとした表情を一瞬浮かべるも、そっけなく応じる。

主君の許可を貰ったアンヘルは、右手で眼鏡の右フレームを整えながら傲然と応じた。

「姫様の仰りようはあまりにも即物的。男をその気にさせるには情緒が足りません」

「情緒？」

「男はデリケートな生き物なのです。スケベなくせに、いざ結婚と聞くとビビります」

人生の先輩の説明を聞いたエレナローラは、チラリとジリオンの顔を見た後に納得顔で頷く。

「なるほど……。おまえ、わたしと結婚するのが不満なのか？」

「そ、そのようなわけでは……」

ジリオンは首を勢いよく左右に振るった。

多少お転婆すぎるところがあるとはいえ、美人であることは疑いないのだ。

振り回されているとはいえ、なんだかんだ付き合ってきたのは、相性がよかったということなのだろう。

でなければ、女装などしなかったと思う。

見かねたアンヘルが口を挟む。

「姫様。ですから、情緒が足りないのです。命が惜しかったら、種付けしろでは男のメンツが立たないでしょう。ここは一つ、タワシ洗いから始めてはいかがでしょうか？」

「タワシ洗い？」

エレナローラの知識にはない言葉だったようで、困惑顔になっている。

アンヘルは優雅に一礼する。

「お手本をお見せしましょうか？」

「頼む」

「では、失礼して」

アンヘルは侍女服のスカートの中に両手を入れると、スルスルと黒いパンストと白いショーツを脱いだ。

「ジリオン卿。お手を」

言われるがままにジリオンは、湯船に腰を下ろしたまま右手を突き出した。その手首を握ったアンヘルは、それを後ろに引いて跨がってきた。

ジリオンの小手の辺りに、アンヘルの股間が乗る。

ピト……

女の秘部が、ジリオンの肌に触れる。

(ああ、アンヘルさんのオ○ンコが、ぼくの腕に吸い付いている)

ジリオンにとって初体験のお姉さんだ。

不本意な形での初体験だったとはいえ、やはり特別な思い入れがある。あのあまりにも激しい淫技を思い出し、身体と心が反応してしまう。

「ふぅ」

顎を上げたアンヘルは熱い吐息を吐いた。

どんなにクールなお姉さんでも、陰部を男の肌に押し付けているのだ。興奮しないわけにはいかないのだろう。頬も紅潮している。

「うふふ、では、いきますよ」

後ろ手にジリオンに少し灰色がかった大陰唇《だいいんしん》を当てながら、腰を前後に動かす。

シャリシャリシャリ……

黒々とした陰毛が、腕にこすりつけられる。

(ああ、アンヘルさんの陰毛が、オ○ンコがこすりつけられる。アンヘルさんのオ○ンコって気持ちよかったよな。よく締まるのに、こうトロッとしていて)

女性器に良い悪いはない。個性があるだけだ。

アンヘルの膣孔しか知らないとき、女とはこういうものだとしか思わなかった。

しかし、他の女を知った後だと、アンヘルの膣孔は絶品だったのだと思う。思い出補正が入っているのかもしれないが、とにかく気持ちよかったという記憶に脳が甘く痺《しび》れ、それ以上に逸物が覚えていた。

湯船の中で逸物が隆起しだしたのだ。

「っ！」

エレナローラの表情が険しくなった。

足の裏でおっぱいに触らせてやったのにピクリともしなかった逸物が、他の女の奉仕であっさりと頭をもたげたことは、女にとってもっとも屈辱的な体験に違いない。

奥歯を噛みしめて悔しそうな顔をする主君に、冷静なメイドは促す。

「さぁ、姫様もご一緒に」

「うむ、わかった」

年上の側近に対抗意識を燃やしたのか、エレナローラは憤然と湯船から立ち上がった。

「ほら、腕を出せ」

「は、はい」

その殺気の籠った命令に畏怖しながらも、ジリオンは残った左腕を差し出した。

エレナローラは、姉のように慕う侍女を真似て、ジリオンの左手首を持って跨いできた。

ピト……

濡れたエレナローラの陰部が、ジリオンの左腕に吸い付く。

濡れているといっても、愛液ではなく、単に風呂の湯だろう。そう理屈ではわかるのだが、ジリオンは鼻の穴を大きくしてしまった。

その発情する少年の顔を、冷静な表情を装いつつ眼鏡の奥の熱い視線で見下ろしたアンヘルは、いまだ困惑顔の主君を促す。

「さぁ、姫様。洗って差し上げるように、腰を動かすのです」

「こ、これでいいのか？」

エレナローラはおっかなびっくり、くびれた柳腰を前後させ始めた。

ジリオンの右腕は黒い陰毛によって、左腕は銀色の陰毛によって洗われる。

（うわ、姫様のオ〇ンコって、表面からしてもう吸い付く感じだ）

エレナローラの膣孔に逸物を突き入れたのは一度だけだ。それも破瓜の最中だった。

それも逆正常位という形であり、普通ではなかった。

（姫様のオ〇ンコ、次に入れたら気持ちいいんだろうな）

破瓜の最中の膣孔というのは、特殊である。痛みを耐えるためなのだろう。通常よりもきつく締まる。

しかし、膣孔は締まればいいというものではない。それよりも二回目以降のほうが柔らかく楽しめる。

そのことをすでにジリオンの逸物は学習してしまっていた。

(姫様の子宮口を突き回したいな。そうしたら姫様、どんないい声で啼《な》いてくれるんだろう?)

気の強い少女を自分の逸物で屈伏させる。そんな妄想にジリオンが浸っている間にも、姫君と侍女によるタワシ洗いは続いた。

「はぁ……、はぁ……、はぁ……」

「アンヘル、これは意外と……はあぁぁん♪」

エレナローラも、アンヘルも気位の高い女たちであったが、女性器を男の肌にこすりつけていると、否応なく性的な興奮が高まってくるのだろう。頰は紅潮し、口から吐き出される吐息は熱く甘い響きを帯びる。

(うわ、二人ともクリトリス、すげぇコリコリになっている)

悶える主人の顔を横目にアンヘルは、メイド服の胸元を開いた。大きな乳房が二つ、ぁらわとなる。

そして、身体を前かがみにしてきた。

大きな乳房がジリオンの鼻先にくる。

「ジリオン卿。おっぱいはいかがですか？」

「い、いただきます」

生唾を飲んだジリオンは嬉々として、大粒の葡萄にも似た乳首に吸い付いた。

(ああ、アンヘルさんのおっぱい、美味しい)

母乳はもちろん、なんら液体が出ているわけではないのに、物質ではない何かが出ているような気がする。味覚ではなく、脳が美味いと判断してジリオンは夢中になって吸った。

「あん、おっぱいが好きなんですね」

部下の抜け駆けにむっとした表情を浮かべたエレナローラも、負けずに前かがみとなって、胸部を突き出してきた。

「あ、こら、わたしのおっぱいもしゃぶれ」

「あ、はい」

大きな乳房と形のいい乳房が二つ並んで、ジリオンの鼻先に差し出された。

両腕を女たちの股で挟まれているため、柔らかい乳房を上手く固定できないが、ジリオンは首だけを巡らせて合計四つの大人の飴玉に夢中になってしゃぶり付いた。

(くー、姫様とアンヘルさんのおっぱいを同時に味わえるだなんて最高に幸せ)

エレナローラの乳房はまだまだ発展途上だろう。しかし、アンヘルの乳房はいまが熟れ頃といった感じである。

どちらも甲乙付け難い乳房に溺れているジリオンを横目に、アンヘルは主君に視線で促す。

「うふふ、どうですか？　姫様」

「うむ、いつも通り、無様なまでにおちんちんを大きくしているな」

湯船の中でジリオンの逸物が、ギンギンに猛っているさまを見つけて、エレナローラは満足げに頷く。

女にとって、男を勃起させるというのは、自尊心を大いに満足させられる光景なのだろう。

「それでは、そろそろ次のフェーズに移りましょうか」

「そうだな。しかし、次は何をすべきなのだ。アンヘル。貴様の意見を聞こう」

「ならばジリオン卿、お立ち願えますか？」

アンヘルのねっとりとした声で促されたジリオンは、慌てて湯船から立ち上がった。

初体験のときから調教されたジリオンにとって、アンヘルのお願いは命令と同義である。

バシャンッ！

一瞬遅れて、逸物は湯船から飛び上がり、下腹部に当たって跳ね返った。

その勢いに女たちは目を瞠る。それにエレナローラは呆れたようなジト目を作った。

「ほんとこいつは女みたいな顔して、下半身はケダモノだな」

「あら、そこが姫様のお気に召したのだと推察しておりましたが、違ったのですか？」

「五月蠅い」

側近にからかわれた主君は、紅潮させた顔を背ける。

「勃ったのなら、もういいだろ。さっさと種付けセックスを始めるぞ」

「姫様〜」

性急に事を運ぼうとするエレナローラを、アンヘルは呆れ顔で窘める。

「姫様、ただ男に跨がって腰を振っているだけでは、いずれ飽きられてしまいますよ」

「……。どうしろというのだ」

困惑して立ち尽くす主君に、微笑を浮かべたアンヘルは屈み込み、いきり立つ逸物を手に取った。

「うふふ、手本をお見せしますわ」

左手で肉幹を軽く握りつつ、右手で肉袋を揉んだアンヘルは、さらに冷徹な表情のまま、大きく口唇を開くと亀頭部から呑み込んだ。

「うむ、うむ、うむむ……」

温かい唾液とともに舌が亀頭部に絡み付いてくる。

(うわ、アンヘルさんのフェラチオは、ねっとりとしていて気持ちいい)

フェラチオは、経験とテクニックがものをいう性戯なのだろう。ジリオンの逸物を咥えてきた女性の中でも、アンヘルの口技は頭抜けていると思う。

恍惚となるジリオンの顔を見やって、エレナローラは不機嫌になる。

「アンヘル、わたしにもやらせろ」

部下を押しのけて跪いた姫君もまた、逸物に取りついてきた。

(うわ、エレナローラさまとアンヘルさんが同時におちんちんに奉仕してくれている)

女性の唇と舌で亀頭を舐めしゃぶられることは、もちろん気持ちいいが、それ以上に女性が奉仕している姿というのは、男の優越感をくすぐる。まして、それが高慢な女たちであればなおさらであろう。

仁王立ちで快感に震えるジリオンの姿を見て、アンヘルは傍らの主君を促す。

「姫様、おっぱいを持ち上げてください」

「こ、こうか？」

エレナローラは両手で自らの乳房を持ち上げた。

(こうしてみると、姫様のおっぱいって意外と大きい)

こんなしっかりとした乳房を持った女性が、なぜ男に見えたのか、ジリオンには不思議でならない。

「はい。よろしいでしょう」

主君の態度に合格点をあげたアンヘルもまた、メイド服の胸元から飛び出していた大きな乳房を持ち上げた。

「こうして合わせるのです」

アンヘルとエレナローラは、互いの乳房を合わせると、狭間でジリオンの逸物を挟んできた。

「うおお」

パイズリという行為は、もちろん、男にとって至上の喜びの一つである。

柔らかい肉によって、男の急所を挟まれるのだ。気持ちよくないはずがない。

しかし、それ以上に、女にとっての宝である乳房によって奉仕してもらえている光景は、男の精神を歓喜させる。それがダブルとあって、頭が吹っ飛ぶほどに興奮した。

「うふふ……」

得意げに笑ったエレナローラは、二つの肉の間で肉棒を上下させる。

(ああ、あの姫様が、おっぱいでぼくのおちんちんを扱いてくださっている)

この事実だけで、ジリオンは射精しそうになった。

「どうだ。ジリオン、わたしのおっぱいとアンヘルのおっぱい。どっちが気持ちいい」

「え、それは……」

「うふふ、遠慮することはないのですよ」

アンヘルに悠揚迫らざる雰囲気で促されて、ジリオンは返答に困った。

（傍らにアンヘルさんのおっぱいがあるから、そう感じないけど、エレナローラさまのおっぱいも小さくはないんだよな）

柔らかさという意味なら、アンヘル。弾力という意味ならエレナローラであろう。甲乙を付けられるものではない。

「どちらも気持ちいいです！」

悩むよりも肉体的な欲求に負けたジリオンは叫んだ。

エレナローラの浅黒く日焼けした顔と、アンヘルの白く怜悧な顔。その二つを同時に自分の精液で真っ白に染める。その男の浅はかな欲望を満たそうとした直前だった。

射精寸前の逸物から、エレナローラは乳房を離す。

「えっ⁉」

肩透かしを食らって目を剥くジリオンの逸物の先端。尿道口に蓋をするように右手の人差し指で押さえながら、ドヤ顔のエレナローラが口を開く。

「おまえのおちんちんのことを誰よりも把握しているのはわたしだぞ」

「あ、はい……」

それは否定できない。なんといっても、ジリオンはエレナローラと、男女の服を替えるたびに、その条件として手コキをしてもらったのだ。

「ここで射精してどうする。おまえはわたしを妊娠させないと、父上に処刑されるのだぞ」

「そ、それは……」

海に深く潜って海面に顔を出す寸前で、足を引っ張られたかのように、酸欠でパクパクと口を開閉させるジリオンを見て、アンヘルは肩を竦める。

「そうですね。湯冷めをしてしまいますから、そろそろ風呂から上がりましょう」

「ふむ、そうだな」

ジリオンとエレナローラは、湯船から出て侍女たちに身体を拭かれる。

その間、ジリオンの逸物は、臍に届かんばかりに反り返ったままだった。

そのさまをチラチラと見ながら女たちは楽しそうである。

「あ、あの……」

「そうガツガツするな。みっともない」

悠然とエレナローラは、寝台に俯せになった。その横にアンヘルも並んで四つん這いになる。

「ほら、好きなほうに入れていいぞ」

「え、でも……」

躊躇うジリオンに、エレナローラは鼻を鳴らす。

「ふん、この陰険女がおまえを男として鍛えたことはわかっている。いまさら浮気だなんだと責め立てるつもりはないから安心しろ」

「まぁ、姫様にしてはお心が広いですね。さぁ、ジリオン卿、姫様のお許しが出ましたよ」

「そ、それじゃ……ゴクリ」

生唾を飲んだジリオンは、寝台の傍に立った。

眼下には、エレナローラの引き締まった小尻と、アンヘルの大きな尻が並んで突き出されてきた。

月の女神のような姫君と、その忠実なるやり手の侍女。

（まさか、この二人のオ○ンコを同時に楽しめる日がくるなんて）

気位の高いエレナローラはもちろん、その側近であるアンヘルは、血統だけの貴族など遣り込めるぐらいの才幹を有する。決して徒《あだ》や疎《おろそ》かにできる存在ではない。そのことは骨身に沁みている。

ジリオンの逡巡《しゅんじゅん》はそのまま行動に出て、いきり立つ逸物は二つの尻の間を何度も行き来した。

「こら、焦らそうというのか、生意気だぞ」

「ええ、あまり女を待たせるのは感心しませんね」

そういう女たちの膣穴からは、シーツに滴るほどの恥蜜が溢れていた。

「は、はい。ただいま」

覚悟を決めたジリオンは、まずはエレナローラの膣穴に突き進んだ。

「あん」

ヌルリと温かい濡れた肉穴に入ると、四つん這いのエレナローラは背筋を反らした。

（あ、姫様のオ〇ンコ気持ちいい。やっぱりオ〇ンコって二回目からが本番だな。やればやるほど気持ちよくなる）

歓喜したジリオンはリズミカルに腰を動かし、婚約者の膣洞を掘った。

「あん、このような場面で姫様にばかりサービスするのは、感心しませんわね。あまり蔑《ないがし》ろにされましたらわたくし、ジリオン卿の童貞消失時のご様子を、姫様に事細かく説明したくなりますわ」

「あ、すいません」

いま思い出しても冷や汗が出るあまりにも情けない初体験を思い出したジリオンは、慌ててエレナローラの膣穴から逸物を引き抜くと、アンヘルの膣穴に押し込んだ。

「ほぉ」

濡れた膣穴に逸物が入ると、アンヘルもまた背筋を反らせた。

「ジリオン卿は、姫様にはもったいないいい男ですわね」

「あ、ありがとうございます」

見え透いたお世辞に、頰を引きつらせながらも、ジリオンは初体験のお姉さまの蜜壺をえぐった。

グチュグチュグチュ……

(ああ、アンヘルさんのオ〇ンコはヌルヌルでちんちん消化されそう)

膣穴の狭さ、襞の豊富さ、締まりのよさという意味なら、エレナローラのほうに軍配が上がるだろう。しかしながら、男を楽しませるという機能はアンヘルのほうが上な気がする。

エレナローラの膣穴はまだまだ青い気がするのだ。アンヘルはまさに熟れた果実だった。

(ああ、でも、どっちのオ〇ンコも気持ちいい)

ジリオンはしばしの間、二つの甘い蜜壺を行き来した。しかし、射精欲求がどんどん高まるにつれて、行き来するのが面倒になってきた。

(よし、まずはアンヘルさんからイかせよう)

ジリオンは逸物を、アンヘルの膣孔にぶち込んだまま、右手でエレナローラの膣孔をまさぐった。

グチュグチュグチュ……

「ひ、姫様の前でわたくしを先にイかせようというのですか?」

「うん、あいにくとぼくのおちんちんは一本しかない。だから、一人ずつ満足させる」

嗜虐的に笑ったジリオンは、本能の赴くままに腰を振るった。

亀頭部がガツガツと子宮口を打ち据える。

「あん、あん、あん、あん、あん、じょ、上手、ああん、わたくしのウィークポイントばかり的確に、責めて、くるだなんて、せ、成長、しました、ね、あん」

「へぇ～、やっぱりアンヘルさんはここが気持ちいいみたいですね。なら、こんなのはどうです？」

童貞食いとか、ショタ食いをするときの女が、自分が精神的に有利な立ち位置にいることに調子に乗って、男に自分の気持ちいい場所を責めるように教育した挙句、気が付いたときには自分の性的な弱点をすべて把握されてしまっており、逆に堕とされてしまうというのは、よくある出来事だ。

アンヘルもまた、そんな年上の女の罠にハマってしまっていた。ジリオンはあの初体験のとき、アンヘルの腰使いを覚えていたのだ。経験を積んだ逸物は、アンヘルの弱点を捕らえた。

（うわ、あのアンヘルさんがぼくのちんちんに夢中になっている）

初体験のときは、絶対に勝てない怪物のように思えたお姉さんだが、いまは自分の逸物に屈しようとしているのだ。

ジリオンの腰使いは一段と激しいものとなった。

「ひぃ、そこはらめぇぇぇ」

傍らで悶絶する側近を見て、エレナローラは驚いた顔をする。

「アンヘルが、こんな表情になるだなんて……」

いかに側近といえども、セックス時の表情など見たことがあるはずはない。

エレナローラすら知らないアンヘルの牝の顔を晒してやっているのだ。そう考えると嬉しくなったジリオンは、ますます激しく腰を振るう。

パン！　パン！　パン！

男の腰と女の尻が激しくぶつかり合う音が響き渡る。

「ひぃ、ひぃ、ひぃ、もう、わたくし、もう、もう、イってしまいますわ〜〜〜」

ビクビクビクと膣壁が肉棒に吸い付いてきた。

（あ、アンヘルさん、イった。よし、ぼくも出すぞ）

ジリオンは勢い込んで、亀頭部が子宮口にがっちりハマった状態で思いっきり射精した。

ドビュドビュドビュ
絶頂したところを、子宮に勢いよく精液を浴びせられたことで、女はより一段と高いステージに跳ね上がった。

「あああぁぁぁぁぁぁ」

自分が童貞を食い育てた少年に獣のように犯されたアンヘルは、大きく口を開け、涎を噴きながら断末魔の悲鳴を上げた。

（やった。あのアンヘルさんをイかせた）

逆レイプによる初体験によって徹底的に男の尊厳を削り取られたお姉さんである。

それを身も世もなく絶頂させたのだ。それも自分の逸物で。

自分の成長が実感でき、ジリオンは大いに満足した。

噴き出す精液の量は、いつもより明らかに多かったと思う。

すべてを出し切り、満足したジリオンが逸物を引き抜くと、アンヘルは顔をシーツに突っ伏したまま、膝を開いた尻を高くかざしていた。

「はぁ、はぁ、はぁ……はぅっ!!!」

ドロ、ドロドロドロ……

膣孔から大量の白濁液が溢れて、シーツに向かって滝のように落ちた。

それはまさに、女を自分の逸物で屈伏させたという象徴のような光景であり、ジリオンの男としての自尊心を大いに満足させた。

「アンヘルさんって、クールな顔していて、オ○ンコは熱い人だったんですね」

調子に乗ったジリオンが軽口を叩いたときである。ポキポキと指を鳴らす音が聞こえてきた。

ただならぬオーラを感じて顔を向けると、そこには身を起こしたエレナローラの姿があった。

「わたしよりも、アンヘルを優先させるとはいい度胸だな」

「いや、これには他意はなく」

冷や汗を流すジリオンに、エレナローラは詰め寄る。

「おまえは状況がわかっていないのか？　わたしに種付けして既成事実を作らないと父上に処刑されるんだぞ」

「わかっています。ただいま種付けさせていただきます」

「ええ～い、そんなしぼんだちんちんで種付けできるか！」

激怒したエレナローラは、ジリオンを押し倒し、両足首を持つとV字に開かせた。

※

「さぁ、駄犬。ご主人様におねだりをしてみろ」

寝台の上でジリオンは、俗にいうちんぐり返しと呼ばれる体勢を取らされていた。

精液と愛液に穢れた逸物は、エレナローラの舌によって裏筋をペロペロと舐められ、肉袋を咥えられ、睾丸を吸引される。さらには蟻の門渡りを通って肛門まで舐められた。

ジリオンはクンニリングスをされているかのような錯覚に陥っている。

「も、もう、出させてください」

「違うだろ。犯らせてください、だろ」

そこに身支度をしたアンヘルが客人を案内してきた。

アーラバロネとユリアンヌである。

「やぁ、ユリアンヌ」

逸物から顔を上げたエレナローラは、素っ裸のまま気取った男声で客人たちを出迎える。

「エ、エルフィスさま……」

自分の愛した男が、女だったと見せつけられてユリアンヌはなんともいえない表情になっている。

「それからアーラバロネ嬢、いや、もうアーラバロネ卿というべきか。二人ともよく来た」

寝台の上を見て、呆然としているご令嬢たちに、エレナローラは説明する。

「おまえたちも知っているとは思うが、わたしとこいつは結婚することになった」

「……」

「とはいえ、おまえたちとしても、このヤリチン男に文句の一つも言いたい気持ちは理解できる。そこで今宵は無礼講だ。思う存分に恨み辛みをぶつけるといい」

ユリアンヌとアーラバロネは顔を見合わせる。そして、何やら決然と頷き合う。

「それではお言葉に甘えまして」

「ええ、そういうことでしたら」

二人はその場でドレスを脱ぐと寝台に乗ってきた。

「さぁ、この駄犬を躾けるって、おい」

エレナローラの意図に反して、ユリアンヌとアーラバロネは、飴色の裸体に取りついた。

「わたくしの忠義をお見せするため、ご奉仕させていただきますわ」

アーラバロネは、エレナローラを背後から抱きしめ、両手で乳房を揉む。

「わたし、エルフィスさまが女でも関係ありません」

ユリアンヌは、エレナローラの下半身に取りついた。

「ああ、これがエルフィスさまのオ○ンコ。おちんちんがなくて残念ですけど、わたし、エルフィスさまのオ○ンコなら舐められます。クリトリスが擦り切れるまで舐めて差し上げますわ」

「あ、ちょっと、やめて、わたし、女に興味はひぃぃぃぃ」

エレナローラの身体能力を以てすれば、たとえ二対一だったとしても、簡単に振り払えたであろう。

しかしながら、乳房を揉まれながら、クンニをされた状態では満足に動けないらしい。

女の身体の秘密は、女が一番知っているという格言通りに、ユリアンヌ、アーラバロネのレズ責めはえげつないほどに的確であった。

「ああ、そこ、らめ、らめ、らめぇぇ」

二つの尖った乳首を摘まれてクリクリと扱かれながら、陰核を舐め穿られたエレナローラは、涙を流して絶頂してしまった。

しかし、それで終わりではない。絶頂した女体から、ユリアンヌとアーラバロネは離れない。

「ああ、らめ、そんな、連続でなんて、ああ、ちょっと、なんでわたしに、あんたたちが興味があったのは、ひぃ、その駄犬じゃないの、こんな、女、同士、ああ、ダメ」

ビクンビクンビクン
女二人がかりの容赦のない責めに晒されて、エレナローラは啜り泣きながら痙攣している。

（えっと、何が起きているんだ？）

呆然としているジリオンに、エレナローラのおっぱいをしゃぶりながらアーラバロネは命じる。

「ほら、何をしておりますの。あなたは姫様の竿役なんでしょ。たっぷりと楽しませて差し上げなさい」

「ええ、ジリオンくんはおちんちんだけは立派だから」

皮肉を言いながらユリアンヌは、エレナローラの股間から場所をあける。

「ああ、うん……」

二人に促されたジリオンは流されるままに、女の唾液に濡れ光るエレナローラの膣穴に逸物を挿入した。

「あああぁ……」

ビクンビクンビクン
濃厚な前戯をされていた男装の麗人は、逸物を入れられただけで絶頂してしまったようだ。

エレナローラとジリオンは、正常位で結合した形であったが、エレナローラの背後にはアーラバロネが抱き着き、ジリオンの背後にはユリアンヌが抱き着き、その狭間でサンドイッチにされてしまった形だ。

「うふふ、悔しいですけど、おちんちんにイかされるエレナローラさま、とっても輝いていますわ」

「さんざんわたしたちのことを弄んでおいて、いまさら二人だけ幸せになるなんて許されませんわよ」

かくして、男根をぶち込まれた状態で、女たちの手管に晒されたエレナローラは終わりなく絶頂し続けた。

(エレナローラさまのオ〇ンコ、すごい動き。もうダメだ。搾り取られる)

絶頂し続ける女の体内にあった逸物が爆発した。

ドビュ――――!

膣内射精がトドメとなったエレナローラは、泣きながら叫んだ。

「ご、ごめんなさい。二人とも、そいつのおちんちん、好きなだけ、好きなだけ食べていいから、もう許して、あひっ♪」

プシャッ！

盛大に潮を噴き上げて脱力したお姫様から、ようやくアーラバロネとユリアンヌは離れる。

「うふふ、言質《げんち》を取りましたわ」

「ということよ。ジリオンくん」

エレナローラの体内から逸物を抜いたジリオンに向かって、右手からユリアンヌ、左手からアーラバロネが四つん這いになって、さながら牝豹のように近づいてきた。

その圧力に屈したジリオンは、シーツに腰を下ろして冷や汗を流す。

「が、がんばります」

アーラバロネは舌なめずりをする。

「うふふ、わたくし、普通の殿方とセックスするのは初めてですわ。いつも女装した変態に犯られてましたから」

それにユリアンヌも同調する。

「わたしもおちんちんを見るのは初めてです。姿を隠した卑怯者には何回も犯られたんで、おちんちんの形とザーメンの匂いは覚えちゃったんだけどね」

「ごめんなさい」

全面的に自分が悪いことはジリオンとしても認めざるを得ない。

「謝罪は形で表してもらわないとね」

「ええ、身体で払ってもらいます」

アーラバロネとユリアンヌは、怯えながらもそそり立つ逸物に向かって交互に跨がってきた。

「あはは、おちんちん気持ちいい～」

「女の身体はおちんちんに逆らえませんわ」

さながら女二人による逆レイプであった。

これまで謎の男と女に調教されてきたアーラバロネとユリアンヌは、その意趣返しと言わんばかりに主導的に腰を振るう。

(二人がこんなに積極的に腰を使うだなんて……)

マゾだと思っていた女たちの思いがけぬ大胆さに、ジリオンは目を白黒させてしまう。

そこに復活したエレナローラが抗議の声を上げる。

「こら、おまえたち。それはわたしの男だぞ。少しは遠慮しろ」

これにアーラバロネが反発する。

「ジリオンくんは、エレナローラさま専用の男ではありませんわ」

「ええ、いままで、姫様がさんざんわたしたちを犯すのに使ったおちんちんですわ」

ユリアンヌも同調する。

「とにかくおまえたちだけ楽しんでいるのは許せん。わたしのオ〇ンコが一番気持ちいいとこいつに認めさせてやる」

「その勝負、受けて立ちますわ」

「負けませんわよ」

女たちは対抗意識を丸出しに、乳房を揺らしながら騎乗位で腰を振り続けた。

（あ、これ死ぬかも）

三者三様の気持ちいい膣洞に搾り上げられ、何度も射精したジリオンは走馬灯を見た気がした。

「も、もう出ない……」

「さすがに限界かしら？」

痴女たちによって、徹底的に搾り取られて、霞も出ないような状態の睾丸の中は空っぽだ。

完全に涸れた逸物を見下ろして、エレナローラとアーラバロネとユリアンヌが顔を突き合わせて相談していたところ、傍らに控えていたアンヘルがすました顔で口を挟む。

「お姫様方は、まだまだ男というものがわかっていませんね。若い男というのは、搾れば搾るだけ出るんですよ」

アンヘルからの説明を聞いて、ユリアンヌは手を叩く。

「あ、わたくし、聞いたことがありますわ。殿方にはアナルの中に前立腺というものがあって、そこを刺激すれば勃起すると……」

「ひっ」

身の危険を感じて逃げようとするジリオンを、アーラバロネが押さえ付ける。

「女は貫かれるものですわよ。あなたもさんざん女装してきたのですから、貫かれる覚悟はしているのでしょ」

実に意地悪お姉さんらしい笑みを浮かべたアーラバロネは、有無を言わせずにジリオンの肛門に中指をぶち込んだ。

「ひぃぃぃぃぃ」

男としての貞操を失ったジリオンは、意味不明な嬌声を上げた。

肛門に美女の指を入れられる。不快な体験であるのに、ゾクゾクとする信じられない快感が身を襲った。

それは男として体験してはいけない禁断の悦楽に思えて、ジリオンの心は千々に乱れる。

「うふふ、人を呪わば穴二つとはよく言ったものね」

瞳を輝かせたアーラバロネは、指を抽送させる。

「あ、ああ、ああ……」

口を開き、だらしなく口角から涎を垂らしたジリオンの、もう涸れ果てたかに思われた逸物が、再勃起する。

「おお」

見守っていた女たちの口から感嘆の声が上がった。

そこにアンヘルが声をかける。

「いかがです？　これでまだまだ楽しめますでしょう」

「すご～い、いいことを知りました」

ユリアンヌは手を合わせて喜んでいる。

エレナローラは舌なめずりをした。

「うふふ、それじゃ、もう一発楽しみましょう」

やんごとなき身分のお姫様たちは、再び競ってジリオンの上に乗ってきた。

電子限定
戦国時代を華々しく駆け抜けた武将、水野勝成の
波乱万丈な生涯を描いたエッチな本格大河小説が
全4巻完結!!
装い新たに好評配信中!!
戦国艶武伝
第4巻
～奔流の抄～
竹内けん
挿絵:金目鯛ぴんく

本作品のご意見、ご感想をお待ちしております

本作品のご意見、ご感想、読んでみたいお話、シチュエーションなど
どしどしお書きください！　読者の皆様の声を参考にさせていただきたいと思います。
手紙・ハガキの場合は裏面に作品タイトルを明記の上、お寄せください。

◎アンケートフォーム◎　**https://ktcom.jp/goiken/**

◎手紙・ハガキの宛先◎
〒104-0041 東京都中央区新富 1-3-7 ヨドコウビル
(株)キルタイムコミュニケーション　二次元ドリーム文庫感想係

ハーレムトラヴェスティ
女装貴族と男装王女

2021 年 4 月 6 日　初版発行

【著者】
竹内けん

【発行人】
岡田英健

【編集】
上田美里
横山潮美

【装丁】
マイクロハウス

【印刷所】
株式会社廣済堂

【発行】
株式会社キルタイムコミュニケーション
〒104-0041　東京都中央区新富1-3-7ヨドコウビル
編集部　TEL03-3551-6147／FAX03-3551-6146
販売部　TEL03-3555-3431／FAX03-3551-1208

禁無断転載 ISBN978-4-7992-1466-4　C0193